HENRY FIGUEROA

I0626510

EN POPA
LA HISTORIA DE MI VIDA

PARAÍSO SOÑADO
PUBLICACIONES

Viento en popa - La historia de mi vida
Primera edición: 2018
D.R. © 2018, Henry Figueroa
Correción: María D. Ramírez

Diagramación y cubierta: Joel Alfaro Hernández

Comentarios sobre la edición y el contenido de este libro
a verdeluz.dr@gmail.com

Imagen de cubierta: *With Wind and Tide – Off The
Dodman-Head, Falmouth* por Charles Napier Hemy

ISBN: 978-0-9979003-3-0

A todos los que han navegado junto a mi
por los mares de mi vida...

Y a mi hijo Keki, el mejor navegante que he
conocido... el capitán sueco de la historia

¡Oh la vida...
Qué cosas tiene la vida!
(Pedro Flores)

I

El alcohol muchas veces es traicionero y te hace tomar decisiones que luego cuando te pasa su efecto te hacen arrepentir y lamentar lo que hiciste o acordaste. Reconozco que las peores decisiones que he tomado en mi vida han sido por su culpa y que he tenido que cargar por el resto de mi vida con ese mal juicio producto de la bebida. Si uno al menos tiene palabra, como es mi caso, honra el compromiso aunque sepa que es un disparate y que nos afectará el cumplir con el... pero así somos y así pagamos por nuestros errores. Quedando eso establecido, un día, bebiendo como un demente y sin ningún control mientras trataba de convencer a una mujer que me gustaba mucho a que se acostara conmigo, me comprometí a participar en una aventura que cambió mi vida para siempre…

El ambiente ese día en el bar donde me encontraba mejor no podía estar. Era viernes en la tarde y el negocio comenzaba a llenarse para la habitual celebración del *happy hour* del viernes social. Yo recién llegaba luego de terminar mi jornada laboral del día y como todos los viernes enfilaba para el Viejo San Juan a relajarme y a saludar amigos, que al igual que yo, disfrutaban y esperaban ese momento.

No siempre visitaba el mismo lugar; por aquello de patrocinar a todos los establecimientos por igual. Además, como conocía gente en todos los bares y muchos de ellos eran regulares de sus respectivos negocios, yo, con tal de saludar y compartir con todos, acostumbraba alternar mi sitio de consumo y así podía relacionarme con todas mis distintas amistades. Y lo cierto es que como se pasaba bien en todos los lugares y la bebida más o menos costaba igual no importa donde, entonces yo variaba, para mantener presencia con todos los parroquianos con quienes me gustaba estar.

Yo no sé si esto del viernes social existe en otros países. Lo que sí les aseguro es que en ningún otro lugar del mundo esta celebración tiene el impacto, ni el significado que tiene aquí. ¿A qué varón... y agrego yo ahora, a qué dama, se le ocurriría pasar un viernes en la tarde sin ir a compartir y a disfrutar con sus amistades tranquilamente en uno de estos lugares? Y para ser honestos, ¿quién no incluye entre sus planes de ese día el ver si cae algo para no pasar solos la noche?... En eso estábamos todos y eso hacía que según se hiciera más tarde y los tragos fueran haciendo más su efecto, mejor nos sintiéramos y nuestras ambiciones y fantasías aumentaran también.

Ya como a las nueve de la noche coincidí con una de esas amigas a quién uno siempre le tiene echado el ojo y a quién no pierde nunca la esperanza de que resbale para darle un buen tablazo. La joven decidió compartir conmigo y acompañarme mientras nos dábamos unos tragos. Con ella siempre lo paso bien, no necesariamente por lo mucho que me gusta y lo mucho que la deseo, sino que siempre tenemos muchas cosas de qué hablar y establecemos conversaciones interesantes. No niego que mientras lo hacíamos, yo fantaseaba que me la tiraba esa noche... Llevábamos rato tomando y de momento me preguntó si me quería ir en un velero a darle la vuelta a Sudamérica. Me pareció una broma, o que había cogido una nota como nunca... pero le seguí la corriente, nuevamente pensando que si con escucharla lograba mi propósito de ponerla a mirar para el horizonte, me importaba un carajo los disparates que hablara. Y tanto estuvo jodiendo y yo tanto haciéndole cerebro, que quedamos en que al otro día, yo iría en la tarde con ella a conocer a los tripulantes de la embarcación.

～

Yo tenía la esperanza de que ella olvidara lo de la noche anterior y no asistiera a la cita. Para mi sorpresa me equivoqué y ella estuvo puntual en nuestro lugar de encuentro según habíamos acordado. El velero estaba amarrado en un muelle del Club Náutico de San Juan donde descansaban sus dos tripulantes después de un largo viaje y donde abastecían la embarcación en preparación de la próxima etapa de navegación. Yo no sabía un soberano carajo de esto de veleros y barcos, y mucho menos de cuestiones de mar. Mi primera impresión fue que la embarcación era inmensa; un transatlántico de sesenta pies de largo. Con el tiempo aprendí que el largo es la eslora del barco, pero en este momento me daba igual y me importaba un carajo.

Mi amiga había conocido a los tripulantes hacía dos noches atrás en otro bar del Viejo San Juan donde habían ido ellos a conocer la ciudad y a disfrutar el estar en tierra firme nuevamente. Eran jóvenes, de nacionalidad sueca y bien parecidos. Eso de seguro fue lo que captó la atención de mi amiga e hizo que se fijara en ellos. Venían del norte cruzando el Atlántico y tenían la intención de ahora darle la vuelta a Sudamérica. Desafortunadamente uno de los tres tripulantes que había comenzado con ellos el viaje había decidido regresar a su país por diferencias de personalidad con los otros dos y una vez llegaron a Puerto Rico por ahí mismo las chilló. Era por esa razón que buscaban un sustituto que llenara esa tercera posición tan importante en la tripulación... ¡y ese, todo parece indicar, que iba a ser yo!

Los marinos hablaban un poco de inglés aunque bastante malo, contrario a mi que lo hablaba perfecto. Como se pudo, me explicaron todos los pormenores del viaje propuesto y acepto que me pareció muy interesante lo que se proponían. Que no quiere decir que me convencieron, sino que en el caso de que yo me viera obligado a acompañarlos, a lo mejor no iba a ser tan mala la experiencia como pensé... ¡Qué iluso!

Para no comprometerme con ellos en ese

momento quedamos en que mi decisión iba a depender de cómo pudiera conseguir dejar mi trabajo sin afectarme, por si acaso en un futuro quería regresar al mismo. Era alguacil del Tribunal Federal en la isla y ustedes saben que cuando uno menciona a los federicos, rápido la cosa cambia. Y también deben haberse imaginado de que esta no era la verdadera razón para no decidir al momento si me iba con ellos o no, sino que esa era una buena excusa para ver si mi amiga me daba algo antes de yo irme al ver que yo aceptaba integrarme en la aventura. Y es que los hombres somos unos perros, ¡por eso debemos jodernos!

La realidad es que finalmente me la tiré como despedida para mi viaje... eso me comprometió y ¡ahora sí que estaba jodido de verdad!,... pero no me iba a echar para atrás con la decisión que por tirármela tomé. No fui a renunciar a mi trabajo ni un carajo, me iría aunque me jodiera... como en efecto pasó. Pero el alcohol y el sexo tienen el mismo efecto en los hombres y contra eso no podemos...

El viaje zarparía en dos días. Se preparaba el bote sobre todo con las provisiones para la primera parte del viaje que irónicamente sería hacia el norte y no al sur como era nuestra intención. Navegaríamos primero a la Florida para después coger a Yucatán y comenzar nuestro descenso a la Patagonia atravesando el Canal de Panamá. Yo estaba mas cagao que el carajo, incluyendo unas diarreas reales que por poco acaban con mi vida.

Sufría de sudores y escalofríos sabiendo que no conocía a los suecos y mucho menos no sabía un carajo de navegación. Mi amiga intentaba darme ánimo y por más que yo quería desviar mis pensamientos de la aventura venidera, no lo lograba. Basta decir que no podía ni hacerle cerebro y mucho menos me pasaba por la mente el volvérmela a tirar aun con lo mucho que me gustaba y la deseaba. Eso era un mal indicio y un mal presagio.

Mis diarreas no se me iban. Visité a los suecos con el propósito de ver si me enseñaban algo básico de lo que yo debería hacer como parte del grupo o al menos me orientaban con relación a lo que me esperaba durante la travesía. Me parecía responsable de mi parte el que si yo iba a ser un tripulante y les iba a acompañar, lo menos que debería hacer era aprender algo de navegación y de pericia marina. A los suecos no les importaba ese detalle mucho, meramente me decían "que tendría mucho tiempo para aprender" durante el viaje.

El día llegó. Saldríamos al caer la tarde hacia el norte, teniendo como ruta la República Dominicana, Bahamas y los cayos del sur de la Florida. En ninguno de esos lugares teníamos la intención de tocar tierra a no ser que tuviéramos una emergencia. Llevábamos comida y bebida suficiente y era muy escasa la ropa y el equipaje que nos hacía falta. Me dijeron que lo que se acostumbraba entre estos aventureros náuticos, era que una vez llegaban a puerto, permanecían por una o dos semanas haciendo trabajos en la marina para levantar fondos suficientes que cubrieran las necesidades de comida y gastos personales hasta el otro destino. A mi me pareció bien, sobre todo en el sentido de estar esas dos semanas en tierra firme donde uno se pudiera asear bien, y comer y beber como se debe.

~

Llegué a las seis de la tarde al Club Náutico como se había acordado. Allí estaban los dos suecos y para mi sorpresa también había ido mi amiga a despedirnos y a desearnos éxito en nuestra aventura. Me gustó verla allí y estoy seguro de que al partir, en mi emoción y enajenación de la realidad, hasta "te amo" le dije. Yo prácticamente no tenía familia y mucho menos alguien de quién despedirme. Eso hizo que la presencia de esta mujer me causara el efecto que tuvo en mí... "alguien me quiere", pensé.

Partimos puntualmente... Hacía un buen viento y las velas no tardaron en llenarse y coger su forma. Si esto es así, el viaje va a ser un paseo... ¡Que pendejo fui y que poco tiempo faltó para darme cuenta dónde me metía! No habíamos llegado al Morro y ya yo había vomitado hasta las bilis. Quise pedir que me devolvieran, que yo me quería quedar en mi islita, pero ni para eso tuve ánimo. Lo que más me encojonaba era ver a los jodios suecos estos, como si nada estuviera ocurriendo... yo creo que inclusive hasta lo estaban disfrutando los muy cabrones.

Una vez fuera de la bahía y ya encaminados y en rumbo, el que era el capitán vino a donde mi a ver como me encontraba. Me recostó en la borda y lejos de burlarse de mí, empezó a hablarme de lo que era la navegación y el por qué, para muchos, ese era "un estilo de vida". ¡Hijo de puta, yo muriéndome y él hablando esa mierda!... Me narró cómo él también pasó por lo que yo ahora y cómo con el tiempo, no solo disfrutaba de la navegación, sino que todo giraba alrededor de ésta, convirtiéndola así en su vida. Sin darme cuenta y como producto de su conversación, me sentí mejor y más confiado. De hecho, ya en navegación franca, alrededor de las diez de la noche, me dijo que durmiera, que ellos se quedarían de guardia esa noche y que yo debería integrarme a ellos alrededor de la seis de la madrugada. Así ellos podrían descansar alternadamente y se comenzaría formalmente con el itinerario de guardias y responsabilidades para la travesía comenzando mañana. Me empecé a relajar un poco viendo que los suecos sabían lo que hacían y no improvisaban con respecto al viaje.

Descansé, aunque prácticamente no dormí. Y no lo hice porque aparte del malestar de las náuseas y las diarreas que tenía, emocionalmente eran muchos los sentimientos encontrados que me surgían, sobre todo viendo cómo yo dejé una vida, que aunque solitaria, era estable, para envolverme en una aventura, inclusive con gente de quienes yo no sabía absolutamente nada. Recé toda la noche, algo que jamás yo había hecho, pidiéndole a Dios que me protegiera y me cuidara. En última instancia, quién único sabía de mi y de esta locura, era una mujer que no pasaba de ser una amiga casual que tampoco me conocía y mucho menos conocía a los suecos.

A las seis de la mañana ya yo estaba listo. Uno de los tripulantes fungía de patrón del barco y el otro descansaba recostado en cubierta como estuve yo. En ese momento averigüé algo muy interesante que nos haría mucho más cómoda toda nuestra navegación... el bote tenía un piloto automático que sabía más que el diablo y que lo único que requería de nosotros era estar pendientes a cualquier embarcación que pudiésemos encontrarnos en nuestra ruta para así evitar una posible colisión.

Al que yo sustituí bajó a dormir y dos horas más tarde subió a cubierta el capitán que había estado descansando. Con mucha paciencia empezó a enseñarme de las artes marinas. Lo primero que discutimos fue lo relativo a las guardias de la navegación. Éstas se programarían de tal manera que siempre habría dos tripulantes en cubierta durante la noche. Uno estaría pendiente del timón y de los barcos en tránsito y el otro estaría acompañando al timonel, pero durmiendo en cubierta, solamente pendiente a ser despertado por el patrón en caso de emergencia. A las dos horas, el del timón descansaría en cubierta y subiría a pilotear el que estaba abajo durmiendo en el camarote. Así siempre dormiríamos cuatro horas corridas y otras dos a cargo del barco.

Esto sería así solo por las noches. Durante el día lo usual es que todos estuviéramos en cubierta o haciendo alguna labor propia de la navegación o de mantenimiento al barco. Además aprovecharíamos por si había que hacer alguna reparación en el bote o las velas y también para preparar la comida; labor que compartiríamos todos.

Más tarde el capitán me comenzó a enseñar de los términos y uso de las partes del velero. Esto era más complicado y los nombres eran totalmente desconocidos para mi. Sabía que iba a ser un aprendizaje continuo antes de que yo supiera lo suficiente para entenderme en ese idioma.

～

Los días pasaron y tal como se esperaba y era natural, yo me fui acostumbrando a la navegación. De igual manera, lentamente iba aprendiendo del comportamiento del bote y la naturaleza y también de destrezas marinas, lo que hizo que todo fluyera mejor para mi.

El convivir en un espacio tan pequeño y compartido, al principio tampoco fue sencillo. Nuestra privacidad era nula y aunque los tres éramos varones, en algún momento uno quiere estar solo y que nadie se meta en tu vida. Así que lo que mejor fluía era lo de las comidas, porque que como todos éramos jóvenes, no jodíamos mucho con lo que se cocinaba y en ocasiones esporádicas y especiales hasta un vinillo nos tomábamos.

La proyección del tiempo de navegación en esta primera pata de nuestra travesía era un poco más de dos semanas para llegar a nuestro primer destino, aunque en un velero no necesariamente se es muy preciso en eso de calcular el tiempo del recorrido. La influencia de las corrientes y los vientos son usualmente impredecibles y es por eso que hay que estar constantemente verificando la localización actual de la embarcación con los instrumentos de navegación para poder calcular el momento de la llegada.

Nosotros llevábamos más de una semana navegando e íbamos precisamente por mitad del camino, siendo hasta ahora nuestra proyección de llegada bastante certera. De igual forma, hasta ese entonces el recorrido había sido tranquilo y placentero. Yo estaba loco por llegar a puerto, aún cuando la pasaba bien. Como les dije, el deseo de tocar tierra y poder darme un buen trago y comerme una buena comida en un restaurante ya me hacía falta.

Empecé a disfrutar del mar y la navegación y a entender un poco eso del "estilo de vida" que mencionaba el sueco. Ciertamente es una experiencia espiritual única el poder estar disfrutando de todo lo que Dios nos dá a todos de gratis y usualmente no valoramos. El mar, la brisa, el sol, las aves marinas, en fin, toda esa gracia divina que sabemos que existe y a diario ignoramos. Y es que aún sin yo ser específicamente del ala mística de la humanidad, puedo reconocer y agradecer la grandeza del Creador.

Teniendo en cuenta la incomodidad de la embarcación y de la soledad que se puede decir que disfrutábamos, yo diría que hasta ahora el *rapport* entre los tres tripulantes era bastante bueno. Al momento no habíamos tenido entre nosotros ningún encuentro desagradable y existía un respeto entre todos que aparentaba que no iba a variar. Ya faltaba solo como dos días de navegación para llegar a Cayo Maratón en la Florida y hacer nuestra primera parada. Yo me sentía feliz ante la cercanía de ese buen baño, esa buena comida y esos muchos y buenos tragos que me iba a tomar.

Ese día temprano en la mañana el capitán sin que le tocara su turno de guardia, salió con cara de preocupación a dar órdenes que alteraban un poco nuestro plan de navegación. Era la primera vez que esto ocurría y ciertamente me preocupó. No fue mucho lo que dijo... meramente que había que achicar velas y variar nuestro curso. Siendo yo un neófito en estas lides y sintiéndome en la obligación y necesidad de saber que había pasado, fui y le pregunté por su salida inesperada y por los cambios de planes en nuestro rumbo y condiciones. El capitán muy sobriamente me indicó que nos esperaba una gran tormenta que atravesaríamos en muy poco tiempo y que no había ninguna razón para preocuparnos pues nuestra embarcación estaba capacitada para enfrentarse al fenómeno. Yo me cagué... pensé "que con la boca es un mamey", pero que hay que ver qué es lo que nos esperaba.

Y así mismo fue... en menos de una hora hora nos encontrábamos batallando con una gran tormenta que paraba los pelos de punta... ¡Quién carajo me habrá metido en esto! Nuevamente había vomitado hasta lo que no me había comido todavía... ¡Estilo de vida *my eye,* maldita sean los jodios suecos estos y la cabrona aventura donde me metí! Yo me voy para mi casa coño, tan pronto llegue a Cayo Maratón... ¡si es que llegamos!

Si algo demostraron los suecos es que sabían lo que hacían. Atravesamos la tormenta y los daños fueron mínimos. Y la realidad es que el dicho de que "después de la tempestad viene la calma" resultó ser verdad. Nos tomó cuatro días más para llegar a puerto. Yo no sabía que hacer... la experiencia fue enriquecedora por lo mucho que aprendí y porque valoré lo que uno tiene. Por otro lado la tormenta fue una situación verdaderamente desagradable para la cual yo no tengo el temple requerido. Para los suecos esto fue algo pasajero y sin consecuencia... para mí fue verme al borde de la muerte...

Veré a ver que decido ya más tranquilo y sosegado. En este momento no sé y tendré que pensarlo con mucho detenimiento. De momento, una vez el capitán lo autorice, haré lo que tanto he deseado... me bañaré, cenaré como un hambriento y me jartaré de tragos hasta caerme de culo...

II

Llegamos a la marina y nos amarramos en el muelle. Aún cuando nuestro viaje partió desde Puerto Rico, el hecho de haber bordeado la República Dominicana y las Bahamas fue razón suficiente para vernos obligados a los trámites de Inmigración y Aduanas de los Estados Unidos. La operación era sencilla, pero teníamos que esperar a que llegaran los agentes sin abandonar la embarcación. Yo me moría por bajar del barco a darme una buena ducha caliente y a emborracharme después en un bar, pero a los suecos este protocolo migratorio les parecía un trámite tan normal que ni se inmutaban con la espera. Finalmente llegaron los federales y luego de llenar la documentación reglamentaria y contestar un par de preguntas de rutina nos dejaron desembarcar. Habíamos aprovechado nuestra espera para recoger y organizar el barco, así que una vez salieron los agentes, yo salí volando a bañarme. Los suecos no tenían ese mismo entusiasmo, pero a mi no me importó.

Regresé bañado y oloroso y como yo traía un dinerito que tenía ahorrado invité a los compañeros de travesía al bar de la misma marina. Ellos aceptaron y una vez ahí, nos entramos a palos hasta más no poder. Tenía necesidad de descorcharme y lograr la paz y la tranquilidad que necesitaba después de tantas experiencias y sentimientos producto de esta aventura. Hoy no era día de análisis ni de conversaciones relacionadas a nuestro viaje... eso lo haría en los próximos días, ya en un estado de calma y sosiego que me permitiera pensar con más cordura .

~

Yo nací en un pueblo pequeño del interior de la isla. Mi familia era clase media baja o media media dependiendo en ese momento de cómo manejara mi padre las finanzas del hogar y de su vida. El viejo podía ser muy licencioso en lo económico y la realidad es que no era nada prudente ni responsable en la manera cómo gastaba el dinero familiar. Por eso no estuve exento en ocasiones de verme en necesidades que no eran justas, ni con mi madre ni con los hijos. Pero era mi padre y de esa misma manera murió... nunca cambió.

Dentro de esa realidad, mis hermanos y yo estudiamos en escuela privada, que aunque no era de las mejores, al menos era mejor y sobre todo más segura que las públicas. Al graduarme pude entrar en la universidad y estudiar un bachillerato en psicología. Eso y mierda es lo mismo porque por ley, hay que tener un doctorado en la profesión para poder ejercerla. Aún así, el tener un grado universitario me sirvió para solicitar trabajo en el gobierno federal y posteriormente conseguir una plaza como alguacil del Tribunal Federal.

Mi infancia, niñez y adolescencia fueron tranquilas y salvo los momentos de extrema necesidad económica, que fueron bastantes, me atrevería asegurar el que fui feliz. Aparte de la locura administrativa de mi padre, yo lo consideré responsable y amoroso con sus hijos. Y miren qué contrasentido, que aún con sus defectos, fue un buen ejemplo y nos enseñó a ser buenos ciudadanos.

Mi madre por otro lado fue una esposa y una mujer clásica de la época en que vivió... sometida a su marido y dependiendo de él en todo. Como era la consigna en aquellos tiempos, la mujer "estaba solo para criar a los hijos y atender el hogar". Y así lo hizo, y nos cuidó y se ocupó de sus cuatro hijos hasta hacerlos adultos y ciudadanos responsable y de bien. Éramos dos hembras y dos varones y yo era el tercero en edad. Aunque fuimos bastante unidos durante nuestra época de crianza, ya de mayores, entre los matrimonios y las mudanzas, prácticamente no tenemos ninguna comunicación. ¡Tanto así que mis hermanos ni remotamente tienen idea de por donde estoy!

...No sé por qué amanecí hoy pensando en mi familia y en mis tiempos de crianza. Lo usual es que en esta etapa de mi vida mi familia en nada está presente en mi diario vivir y salvo ocasiones muy especiales no tengo ningún contacto con ellos. Quizás por lo cerca que me ví de la muerte es que despertaron en mi mente momentos que nunca debí haber olvidado con relación a los viejos, mis hermanos, mis amigos y mi pueblo... ¿O será que en la soledad y sobre todo en todo ese tiempo donde pude hacer una introspección de mi ser, particularmente en esas noches donde estaba yo solo con la naturaleza y mi espíritu, me han hecho ver la vida tan vacía que vivo, sin tener ningún rumbo, ni perseguir ninguna meta?...

No estoy en las de entrar en un viaje existencial de retórica y filosofía barata con respecto a lo que fue mi niñez y mi crianza, pero de momento pienso que fue muy similar a esta aventura que recién comencé. En su gran mayoría una travesía segura y placentera... como este viaje, pero con tormentas y vendavales como los que ciertamente tuve en estos días pasados. Lo importante es que al igual que cuando me criaba, llegué a puerto seguro en buenas condiciones.

~

Después de la noche desenfrenada que habíamos tenido en cuanto a bebida y comida se refiere, despertamos al otro día con un ánimo renovado en lo que hacíamos. Ya después del mediodía decidimos salir a la ciudad a conocerla y con toda nuestra calma y sin presiones de navegación, el capitán quería que nos reuniéramos a repasar nuestra experiencia y a planificar nuestro próximo recorrido. Estos tipos sabían lo que hacían y tomaban lo que para mí era una aventura, como algo muy serio en sus vidas. Tengo que aprender de ellos, porque hasta ahora, nada en mi vida ha tenido esa estructura.

Para mí que su actitud es más bien cultural y es por eso, tan distinta a la nuestra.

Meticulosamente el capitán hizo un informe que parecía más una ponencia legal que la narración de un evento. Cómo recordaba con tanto detalle cada momento de nuestro viaje, para mí era incomprensible. Lo que yo creía que era meramente una locura de jóvenes que no tenían responsabilidades en sus vidas, de momento tomó un giro que me sorprendía. Para estos suecos ciertamente esto no es un juego, sino algo muy significativo.

Estuvimos comentando nuestro viaje por varias horas con el propósito principal de detectar fallas tácticas y de planificación. Yo no opiné, porque contrario a ellos, para mí este fue un viaje perfecto en organización y ejecución. Ellos, expertos en la materia, aunque conformes y complacidos, le encontraban una que otra falla. Así las cosas, después de esta sesión crítica comenzamos a planificar nuestra próxima etapa.

Yo todavía no estaba muy seguro de lo que iba a decidir. Lo que sí sé es que tal como habíamos quedado antes de emprender la travesía, una vez se discutió el presupuesto de nuestra próxima ruta, determinamos que quizás en dos semanas, si las oportunidades de trabajo en la marina se nos daban, deberíamos poder reunir el dinero suficiente para abastecernos y partir.

El día siguiente comenzamos a ofrecer nuestros

servicios de mantenimiento y reparación de lo que fuera. En estas marinas y clubes de yates se tiene una cierta consideración hacia los que como nosotros, están con recursos limitados navegando por el mundo. Esa solidaridad para mí era desconocida y ciertamente me satisfizo mucho ese detalle. Yo personalmente lo más que podía hacer era limpiar y cargar herramientas, porque fuera de eso, la realidad es que tengo mierda en las manos y no sirvo para nada más.

Sorpresivamente no nos faltó trabajo desde ese mismo primer día. Los suecos, contrario a mi, le metían mano a lo que fuera y sabían hacer todo lo que se necesitaba con estas embarcaciones. Trabajábamos hasta las tres de la tarde y después de arreglarnos comíamos algo y en las noches seguíamos organizando y acondicionando la embarcación de acuerdo a nuestros planes. Yo usualmente antes de acostarnos daba una vuelta a pie por los muelles, por aquello de relajarme y dormir tranquilo.

~

Mi adolescencia fue una típica de los de nuestra edad en un pueblo de la isla. Se puede decir que era lo normal, aunque ahora puedo afirmar que fue sumamente aburrida sin que lo supiéramos. Eran momentos difíciles en nuestro país aunque yo no lo notaba. Esto por la seguridad que me brindaban mis padres, que hacía el que yo no tuviera que prestar atención a la realidad que nos rodeaba. Nuevamente, solo fue después de ser adulto que vine a descubrir todos esos peligros y necesidades a los que nos exponíamos.

La vida pasaba sin que nos enteráramos. Todo era tan convencional y previsible que no era otra cosa que una repetición día tras día del día anterior. Parecería que agotábamos nuestro tiempo siempre en el mismo sitio esperando la muerte, y es que la vida es un tornillo que gira y regresa siempre al mismo lugar, solo que cada vez a un nivel superior. Ay de aquellos que viven su existencia dando vueltas pero en el mismo plano, porque esos, el día que se mueran ¡no van a haber conocido la vida!... También eso lo vine a saber ya de adulto y de ser un profesional...

Es pertinente en este momento recordar el dicho de que "ojos que no ven, ¡corazón que no siente! Porque según voy aprendiendo un poco de lo que es la navegación y los peligros que esta envuelve, caigo en cuenta de que este primer tramo de nuestra aventura para mí fue como mi adolescencia... donde siempre hubo alguien que me protegió y no me permitió estar al tanto de los peligros que enfrentaba.

Pero esto ya es historia y lo que tengo que decidir ahora es si sigo hacia el sur con los suecos o si por el contrario regreso a puerto seguro... pero esta vez en un avión ¡a mi querida islita! Pronto tendría que tomar la decisión, porque de decidir regresar a mi hogar y no acompañarlos, los muchachos tendrían que buscar a quien me sustituya y quizás aquí en América esto se les hiciera más difícil.

Lo que sí es cierto es que seguíamos limpiando embarcaciones, reparando botes y velas y haciendo cualquier otra labor que nos representara los ingresos que tanta falta nos hacían. Yo trataba de aprender algo de estos menesteres, pero la realidad es que por más que me esforzaba, mis limitaciones de habilidades físicas me lo impedían... nuevamente... tengo mierda en las manos y no lo puedo evitar.

Ya pasada una semana en puerto fuimos surtiéndonos de la variedad de alimentos y bebidas que nos hacían falta para continuar con nuestro viaje. Básicamente esa era nuestra única necesidad, ya que salvo alguna herramienta o material de mantenimiento que necesitáramos, éste era nuestro único gasto. Si todo seguía como hasta ahora, nuevamente zarparíamos en una semana, esta vez rumbo a la península de Yucatán.

Hablé con los muchachos y les hice saber de mi indecisión. Ellos genuinamente deseaban que siguiera el viaje con ellos, ya que en esta primera fase no tuvimos ninguna diferencia entre nosotros y todos trabajamos por el bien común de los tres. Así fue en todos los renglones del grupo... en las guardias, las comidas, los trabajos de mantenimiento, la limpieza y sobre todo en la convivencia que tan difícil es en un espacio tan limitado... ¡Y yo que pensé que era en un transatlántico que viajaba!

Decidí solicitarles el que me excusaran del trabajo un día después del medio día, con la intención de que en mi soledad pudiera hacer una evaluación de las ventajas o no, de seguir la travesía. Ellos me pidieron que lo hiciera el próximo día, ante la necesidad urgente de decidir yo y saber ellos, lo que yo haría.

~

Trabajé como siempre esa mañana aunque con una ansiedad que me molestaba. Era usual en mí el que cuando me veía en la obligación de tomar decisiones importantes en mi vida, no podía evitar entrar en especulaciones mientras analizaba todos los distintos escenarios de mi decisión. Sospecho que es esa inseguridad que todos tenemos ante la posibilidad de equivocarnos al escoger y decidir algo, pero lo cierto es que estaba inquieto y mis pensamientos divagaban por temas que en nada tenían que ver con lo que me atormentaba en ese momento. Tal como quedamos, al medio día terminé con mis labores del día y decidí enfrentar mi problema. Me vino sin quererlo el recuerdo de la tormenta que nos azotó cuando nos acercábamos a puerto. Y también recordé como la vencimos, un sentimiento de victoria que en este momento era lo que más falta me hacía.

La marina era inmensa, porque aparte de las embarcaciones regulares que usaban sus facilidades, servía de punto de descanso y aprovisionamiento para una cantidad grande de barcos, como el nuestro, que estaban exclusivamente de paso. La diferencia es que la gran mayoría de éstos, eran yates fabulosos de ricachones que no estaban como nosotros allí, levantando unos chavitos para poder seguir con nuestra aventura.

Quise caminar por los muelles y admirar todas esas bellezas millonarias con la intención de desviar mis pensamientos que tanto me atormentaban y ver si podía en algún momento analizar la situación sin ninguna carga emocional que no me dejara ponderar todas las posibilidades en un estado mental de "frío metal". Anduve por un par de horas y ciertamente ver las embarcaciones y sus tripulantes me descongestionó bastante mi cabeza. Ya siendo casi las tres de la tarde me dió por ir al bar y con toda mi calma y tranquilidad tomarme un par de *Martinis*.

Las facilidades de servicio al público en la marina estaban al nivel de un hotel de lujo e incluía un restaurante de primera categoría, una cafetería para los más modestos, un bar a todo cojón y salones de juego, incluyendo billares. Era obvio que eran facilidades dignas de los propietarios de yates a los que le daban servicio y de gente de mucho billete. Pero lo que verdaderamente sí me sorprendía es que el bar aparentaba tener tarifas distintas para los ricos que iban a tomar los más finos vinos y licores y para los que como nosotros, quizás enterados ellos por la información que dimos al momento del registro de nuestra embarcación, no disponíamos de los fondos necesarios para poder consumir allí.

No me intimidaba para nada el ver a los ricos y famosos sentados en mi mismo bar y como cualquier hijo de vecino y ya más claro en mis pensamientos, me senté en un taburete disponible en un extremo del mismo. Por costumbre siempre me ha gustado acomodarme en la barra en vez de en las mesas y además en una punta, como en ese momento... éste era un buen augurio.

La que servía en la barra los tragos era una de las mujeres más bellas que había visto en mi vida. Tendría, le pongo yo, alrededor de veinticinco años y aparte de su belleza, demostraba una educación y una clase que la distinguía. Pedí mi *Martini* y al servirme y poder observarla mejor, más me impactó todavía la joven. Me tomé uno y otro trago con la suerte de que surgió en el establecimiento ese momento muerto entre los que van al medio día y los que regresan por la tarde, dándome un tiempo precioso prácticamente yo solo con la mezcladora de bebidas, como se les conoce ahora.

Seguí bebiendo, más ahora por compartir con la muchacha que me atendía que por tratar de resolver mi dilema. Lo mejor es que según me sentía más relajado, más disfrutaba en compañía de la joven. Inevitablemente caímos en intimar con relación a nuestras vidas y nuestra actualidad. La joven estudiaba un doctorado en la

Universidad de Miami, paradójicamente en psicología y trabajaba en este periodo de vacaciones de verano en la marina por su necesidad económica, sobre todo teniendo en cuentas la cantidad exorbitante que recibía en propinas de todos estos camajanes. (¡La pobre conmigo se jodió!)

Y yo, no sé si producto de la bebida, o por lo mucho que me gustaba conversar con la joven, o porque me estaba enamorando de ella o por todas las anteriores, comencé a hacerle la historia de mi vida hasta llegar a la indecisión y desesperación que en este momento me agobiaba.

∼

La joven fue tremenda compañía y de seguro me la puso Dios en el camino para que me aconsejara y me orientara. Ciertamente el estar prácticamente ya terminando su doctorado en psicología fue un factor determinante en nuestra conversación, pero realmente fue mucho más que eso. Ni con mi ex mujer, a quien amé tanto, había yo sentido algo similar. La comprensión, la dulzura y los sabios consejos calaron muy profundos en mi ser. Le pregunté si tenía algún día libre en la semana con el propósito de profundizar en nuestra conversación y conocerla mejor y me confirmó que el lunes era su día libre. Fue esa la razón por la cual el día de nuestra llegada yo no le había visto cuando fui a beber con los compañeros al llegar a tierra firme. Nos vimos ese lunes en un lugar cercano a la marina que ella conocía y verdaderamente acabé enamorado de la joven... creo que yo también le gusté.

Seguiría en mi travesía de puerto en puerto, según me aconsejo mi incipiente amiga y su sugerencia me hacía mucho sentido. En última instancia ella me hizo ver que si no los había abandonado tan pronto pise tierra, por algo sería... y tenía razón.

Los suecos se alegraron mucho con mi decisión y yo les conté de mi experiencia con la joven del bar. Evidentemente era muy apresurado hacer conjeturas sobre nuestra relación pero en mi corazón sabía que algo extraordinario me había pasado.

Los días que nos faltaban pasaban volando. Todas las tarde una vez terminábamos a las tres de la tarde nuestras labores, yo arrancaba para el bar. Ya mis ahorros estaban finitos pero me importaba un carajo con tal de compartir con mi chica. Y la realidad es que confirmé que yo también le agradaba mucho a ella y se le veía tan entusiasmada como yo.

Llegó el día de nuestra partida y nuevamente amanecí con esa depresión terrible que había sentido antes en el viaje. No tenía idea de cómo iba a ser nuestra despedida e hice un esfuerzo para prepararme mentalmente para el momento. Ya de antemanos nos habíamos jurado amor eterno y nos habíamos comprometido a reencontrarnos a renovar nuestra relación una vez terminara mi viaje. En el ínterin ella terminaría sus estudios y después comenzaríamos nuestras vidas juntos.

Se que aparento ser extremadamente ingenuo y que pensaran en la cantidad de otros hombres que tendrían esa misma promesa con la joven, pero yo creía en ella y sabía que nuestros planes se harían realidad. Solamente con esa esperanza arrancamos finalmente hacia Yucatán. Obviamente sentía una gran tristeza por dejar a mi enamorada, pero a su vez una gran felicidad por haberla conocido.

Y cogimos rumbo franco hacia las aguas del Golfo. Y aquí sí que las reglas eran otras... y no hicimos nada más que enfilar hacia ellas y ese mar se encabronó de una manera como no lo había conocido yo antes. Nuevamente vomité hasta morirme y nuevamente quería regresar a tierra para no volver jamás... ¡Me cago en la madre de los suecos y de mi novia... Me quiero morir!... y desfallecí...

III

Creía que nuevamente me moría con las vomiteras y los mareos que me atacaron por más de tres horas. Si este era el comienzo del viaje, no me quería imaginar lo que me esperaba en el resto del trayecto... Lentamente empecé a recobrar mis fuerzas... creo que porque ya no tenía nada más que devolver y además porque mi cuerpo se acostumbraba al vaivén de las olas y el mal tiempo. Obviamente le pregunté al capitán si esto era lo que debíamos esperar durante el resto de nuestra travesía con la esperanza de que me dijera que éste comienzo era algo temporero e inusual. Pero no fue así, por el contrario, me miro con mucha discreción y comenzó a darme una clase de navegación básica pensando en que yo la entendería y que serviría para calmarme. ---- *Viajaremos por varios días con rumbo de este a oeste. La corriente, al igual que el viento, estará en contra nuestra todo ese tiempo y es por eso que es tan duro el reto que encontramos. Pero no te desesperes, ni te desanimes, ya cuando estemos más cerca de Cancún las condiciones serán más benévolas y te parecerá que navegamos sobre un plato.*

Tremenda esperanza me dá el maricón éste, sobre todo comenzando una navegación, que si sigue así, para mi será eterna. Lo único bueno que sí me dijo, era que el tiempo esperado del recorrido sería de una semana, lo que me animó a decidir que de seguro esta vez sí que no me aguantaba nadie y saldría directo del barco al aeropuerto.

Poco antes del amanecer las condiciones marinas se calmaron un poco. Deduje que esto era a consecuencia de los cambios de mareas y corrientes o de cualquier otra pendejada de esas que se pasan hablando los maricones estos. Pero lo cierto es que estaba todo más tranquilo e inclusive pude tomarme algo de café negro que me reavivó un poco. Era mi momento de estar pendiente de la navegación mientras los suecos; uno abajo en el camarote y el otro a mi lado, dormían.

El amanecer fue espectacular y desvió un poco mi mente de los momentos que recién habíamos pasado. La paz y la tranquilidad que se sentía, junto a una belleza indescriptible de la naturaleza que me rodeaba, no hizo otra cosa que transportarme imaginariamente al lado de mi "novia". Pensaba en cómo ocurrió este milagro y la verdad es que yo no lo sé, ni me lo puedo imaginar. Lo cierto es que ambos nos enamoramos como adolescentes y en cuestión de cuatro días establecimos una unión que parecía de toda la vida.

Nuevamente la soledad y esa paz interior que se siente al estar uno en medio del océano me hizo reflexionar. Hacía ya mucho tiempo que mi vida no tenía ningún sentido ni dirección. Acostarme con una mujer y después cada cual coger para su sitio y no vernos jamás, era lo más cercano para mí de lo que era el amor. Mi vida era totalmente pedestre y ni mi familia, ni mis amigos, ni mi trabajo... absolutamente nada, tenían sentido para mi. Basta ver cómo dejé el sueño americano de tener un trabajo federal y de cómo ni tan siquiera a renunciar me presenté.

~

Cuando me gradué de escuela superior en el colegio católico de mi pueblo logré ingreso en la Universidad de Puerto Rico en Río Piedras. Cómo lo logré, no me pregunten, pero lo cierto es que entré. Y tan seguro estaba yo de que no iba a estudiar una carrera universitaria, que ni sabía que quería estudiar. Entonces decidí por psicología pensando que eso era algo de prestigio, que me daba un cierto aire de intelectualidad que ciertamente yo no tenía.

No es que yo fuera bruto, pero la realidad es que los estudios nunca fueron mi fuerte, ni prioridad en mi vida. Hoy pienso distinto y lamento haber perdido unas oportunidades que sé que jamás tendré. Pero ya es tarde para lamentaciones y tengo que meterle el pecho a lo que venga. Lo que más lamento es haber perdido mi trabajo en el gobierno federal que era una garantía para mi futuro y que me brindaba tantas oportunidades de desarrollo y crecimiento. Éstas reflexiones y ésta autocrítica al menos son producto de lo que he aprendido de mi mismo en este viaje y es razón suficiente para pensar que no todo ha sido en vano, aún con todos los contratiempos que he tenido.

A duras penas me gradué y mi grado de bachiller, que aunque siendo en psicología no me servía de mucho, al menos me abrió puertas y me brindó oportunidades que de otra manera jamás se me hubiesen presentado. En el transcurso de esa época universitaria también se me dieron otro tipo de oportunidades que nunca hubiera conocido en mi pueblo.

Soy bastante bien parecido y al llegar a la losa desarrollé una cierta simpatía que agradaba, sobre todo a las muchachas de la universidad. Quiere eso decir, que les aseguro que muy pocos jodieron y disfrutaron su carrera universitaria más que yo. Ya desde mi llegada como prepa sabía lo que me esperaba. ¡Coño, como le gustaba a las mujeres y como no perdí una sola oportunidad!

De igual manera conocí la vida nocturna y la poca vergüenza, guiado de la mano de éste encanto natural que el Señor me dió y que yo me encargué de desarrollar al máximo. El alcohol, las amanecidas y hasta uno que otro moto fueron en realidad mi diario vivir... sin que me importara un carajo Freud y los otros pendejos como él y de quienes no recuerdo ni el nombre. Y tanto la pasaba yo bién, jodiendo con mujeres como un demente y dándome la vida licenciosa que llevaba, que sin darme cuenta el tiempo se me fue volando. Pensé que estos días nunca acabarían y que esta vida duraría para siempre.

Pero no fue así y estando en la cercanía de mi graduación me pregunté para qué me había servido estudiar en la universidad.... Para mí que no había aprendido un carajo y había perdido mi tiempo académico, pero con todo lo que jodí y con toda la leña que dí, ¡que carajo me importaba!

Llegó mi graduación y me gradué obviamente. Lo que para todos era un momento cumbre en la vida, para mí pasó sin pena ni gloria. Solo me preocupaba saber cómo sería mi vida de aquí en adelante, porque ni para el carajo quería yo que cambiara. Seguía soñando en que esto nunca tendría fin, pero mi graduación sí tuvo un efecto grande en mi, y uno muy importante.... ahora tendría que buscarme un trabajo.

~

Cuando terminé mi turno de guardia, parece que en perfecta coordinación con ese momento, las condiciones marinas se empezaron a encrespar otra vez. El capitán fue el que me sustituyó en el timón mientras que yo lo acompañaría durmiendo a su lado. En mi ansiedad le pregunté si atravesaríamos en ese momento otra tormenta porque no me gustaba para nada lo que estaba viendo. El tipo me miró y se sonrió... ¡con lo mucho que me encabronaba a mi esa indiferencia!... Pero era el jefe y no podía llevarle la contraria, así que mentalmente lo mandé para el carajo y me acosté a dormir.

Las dos horas en las que acompañaba al patrón se supone que eran para dormir. ¿Pero quien carajo iba a dormir con éste bamboleo que me obligaba a sujetarme como una araña para no caer al suelo? Se repetían las mismas condiciones atmosféricas de ayer y empecé a sospechar que esto sería así todos los días de aquí en adelante. Solo me quedaba rezar, pidiendo que llegáramos a nuestro destino lo más pronto posible... coño que esta vez no me iban a ver ¡ni la tablilla! cuando saliera sin despedirme volando hacia el aeropuerto.

¿Cómo es posible que estos jodios suecos puedan disfrutar esta agonía y tener la desfachatez de llamarle a esto "estilo de vida"? Nuevamente... ¡me cago en la madre que los parió!... yo muriéndome y ellos hablando de "estilo de vida"... cabrones...

Y ciertamente el comportamiento del mar, las olas, la corriente, el viento... tal como sospeché, se repetía día tras día. Al menos había estado disfrutando los amaneceres y sobre todo pasando balance de lo que era mi vida hasta ahora y de cómo quería que fuera en el futuro. De igual manera parece que a todo se va acostumbrando uno; ya no me afectaban tanto las condiciones marinas y mi organismo toleraba mejor este martirio. Aún así faltaban años luz para que yo llamara esto mi vida y mi pasión.

Al salir de Cayo Maratón y despedirme de mi "novia" pasó por mi mente la posibilidad de que la chica fuera un espejismo producto de la aventura marina que atravesaba y que una vez llegara a Cancún y posiblemente conociera a otra, ni de su nombre me acordaría. Hasta ahora no había sido así, todo lo contrario. Pero dejaría que la vida fluyera y no me cerraba a ninguna posibilidad. Si lo nuestro era genuino y verdadero, solo el tiempo y los sentimientos lo dirían... Lo que si no acababábamos de llegar era al mar placentero que me haría pensar que "navegaba sobre un plato" como había dicho el sueco de mierda este que era el capitán.

Ya llevábamos cinco días de navegación, así que supuse que era muy poco lo que nos faltaba por llegar y a mi por regresar a mi tierra. Esa madrugada volví a tener una experiencia sensorial impactante cuando no bien asomaba el sol en el horizonte, una manada, que en ese momento me parecían cientos de delfines, comenzaron a danzar en torno a nuestra embarcación. Dios tiene que existir, fue lo primero que me vino a la mente, porque un espectáculo como este tiene que ser una bendición y un mensaje que nos quiere enviar de su grandeza. La emoción que sentí... yo solo con su inmensidad divina en ese momento, hizo que derramara lágrimas silenciosas por mis mejillas. Sentí algo que nunca me había pasado... ¡creo en Dios!...

Me di cuenta de que me estaba convirtiendo en una mejor persona y que me estaba sensibilizando. ¿Cuándo en la vida me hubiera emocionado yo con ver unos delfines acompañándonos mientras navegábamos? Y más aún, ¿cuándo hubiera yo sentido algo por una mujer como lo que siento por esa joven que conocí en Cayo Maratón? Concluí, arropado por esa emoción que sentía en ese momento, que este viaje y este encuentro había sido la forma que usó el Señor para recordarme de su existencia.

Ese día yo amanecía feliz y agradecido de la vida. A la hora del cambio de guardia los suecos lo notaron y se sintieron alegres y contentos con mi actitud. Estarían pensando, aunque no lo expresaron, el que yo también me había dado cuenta de que este era "un estilo de vida"... ¡y a lo mejor tenían razón!

~

Ya en la noche las condiciones de navegación se fueron apaciguando. Coño, ¡el sueco sabía más que el diablo! porque en realidad la navegación se convirtió en una experiencia indescriptible. No me quiero poner cursi, pero era como si fluyéramos junto al mar en una corriente de placer y éxtasis. ---- *Boricua*, ----me gritó el sueco, sabiendo que lo que me diría me haría feliz ---- *Estamos navegando ahora en un través. Eso es cuando el viento nos impulsa entre la popa y la borda y es cuando mejor y más rápido navega el bote. Seguiremos así por casi un día entero y después navegaremos "viento en popa" hasta llegar a puerto en Cancún.*

Yo sabía de términos marinos ya y entendí toda su explicación. Para mi fue música a mis oídos... propuse abrir una cavita que teníamos fría en la nevera para celebrar nuestra llegada a puerto, pero para mi, esta noticia significaba aún más y ameritaba no esperar llegar a tierra firme para tomarla. Bajé a buscarla y la descorchamos... fue una buena celebración y me volví a animar y a repensar mi decisión de dejar a los muchachos una vez llegáramos al muelle para regresar a mi islita.

Tal como predijo el capitán el viaje se convirtió en una dulzura por casi veinticuatro horas, un día entero. De acuerdo a sus cálculos y a los instrumentos electrónicos de navegación con los cuales contábamos, en menos de un día estaríamos llegando a nuestro destino. De hecho, ya nuestro capitán se había comunicado a través del radio con la marina y nos esperaban. Yo nuevamente estaba más contento que el carajo. Mis planes específicos serían igual que en la marina anterior... un buen baño, una buena comida y caerme a palos hasta más no poder. Pero el destino inmediato nos jugó una trastada y no fue como yo quería...

Era temprano en la noche y yo estaba de patrón en la embarcación. Nuevamente el capitán subió de su mesa de navegación con cara de pocos amigos. Por su expresión supe que algo andaba mal y estábamos jodíos. Despertó al otro compañero y fríamente nos informó que nos tocaría un huracán tropical antes de que pudiésemos llegar a Cancún o desviarnos a otro puerto más seguro. El huracán había tenido una formación repentina y aunque no era monstruoso, se había transformado de tormenta a huracán en cuestión de horas. Habría que actuar con prontitud al menos para proteger nuestras vidas y minimizar daños a la embarcación. Yo me cagué encima, pero de verdad. No concebía pasar de la felicidad que sentía hace minutos a un estado de pánico y miedo como el que de momento sentí. Estaba seguro de que esta era la muerte, aún cuando vi que los suecos, aparte de comenzar con un plan de preparación de la embarcación para el fenómeno, no mostraban otra emoción que no fuera la de prepararnos.

El capitán comenzó con sus órdenes. Se sustituiría el genovés por uno de tormenta que apenas tenía tela; la vela mayor se llevaría a su mínima expresión y los tripulantes mantendríamos nuestro arnés de seguridad conectado en todo momento. Era evidente que el capitán no solo sabía lo que hacía, sino que estaba en control de la situación. Gracias a su pronta intervención tuvimos el tiempo suficiente para enfrentar el estropicio.

En menos de media hora después de comenzar con nuestros preparativos se empezaron a sentir los vientos en ráfaga que anunciaban el fenómeno. A su vez y para mí más impresionante, fue ver como el mar empezó a crecer en tamaño y llegó el momento que la altura de las olas no nos permitía ver el horizonte. El capitán se hizo cargo del timón y nos daba órdenes de nuestras tareas dependiendo la circunstancia. La maestría y la seguridad de este lobo de mar calmaba mis nervios y yo sin darme cuenta sacaba de donde no tenía luchando por nuestras vidas y nuestra embarcación. Perdí el miedo y de momento acepté enfrentarme a la adversidad y la naturaleza. Y en eso estuvimos en un estado de emergencia extrema por aproximadamente cuatro horas. La noche era oscura y la visibilidad prácticamente cero. Pero ahí estábamos nosotros, luchando ferozmente por lo que nos pertenecía.

Ya un poco más tarde, la tempestad comenzó a amainar. Aún se sentían vientos de tormenta, pero ahora, comparado con lo que habíamos pasado hacía unas horas antes, esto era un paseo de domingo. Revisamos la embarcación y esta no mostraba daños mayores visibles. Cambiamos velas y enfilamos a tierra. Si aprovechábamos un poco los vientos que todavía soplaban, a lo mejor llegábamos a puerto antes de que llegara el calmazo que sucede al huracán. Ya en navegación franca nuevamente, producto de toda esa tensión y toda esa angustia, comencé a llorar incontrolablemente...

~

Finalmente llegamos. Aquí las leyes migratorias no son tan estrictas como en América y en ocasiones se limitan a darle un "diezmo" al agente migratorio quien se hará de la vista larga y no sabrá que llegamos. Me bajé y besé el suelo en acción de gracias a Dios. Esta vez sí que creí que las enliaba. Me fui a bañar y de ahí fuimos a hartarnos de bebida hasta más no poder. No pensé en nada más... ni en mi novia, ni en mi regreso, ni en mi experiencia... hoy solo sería beber hasta perder el sentido.

Aunque no lo crean estaba de pie a las seis de la mañana. Si bien es cierto que bebimos como cosacos, no es menos cierto el que como comenzamos a beber tan pronto llegamos a puerto seguro, ya a las seis de la tarde estábamos acostados... borrachos y extenuados por la tensión y el cansancio de nuestra experiencia del día anterior. Salí solo a caminar por los muelles a ver las embarcaciones. A esa hora yo era el único despierto y eso me ayudó a hacer un análisis de mi situación y de mi realidad.

Me sorprendió y me agradó la manera cómo reaccioné ante la crisis y la emergencia que recién acabábamos de vivir. Eso nunca me había ocurrido y lo interpreté como una señal de mi madurez como individuo y del efecto positivo que había tenido este viaje en mi. De igual manera me impresionó ver cómo seguí órdenes de un líder y de la importancia de trabajar en equipo por un bien común. Nuevamente eso era algo nuevo en mi vida, ya que jamás me había sometido a seguir órdenes, ni aún ante el peligro de muerte.

Pero hubo dos epifanías que fueron más significativas para mi e identifiqué después de esta experiencia: estaba verdaderamente enamorado de mi "novia"... y la amistad que me estaba uniendo a estos suecos jamás la había sentido anteriormente.

Salí corriendo a la oficina de la marina con el propósito de llamar a mi "novia". Así lo hice y al contestarme, antes de que me dijera nada, le declaré cuanto la amaba...

IV

Anduve como un par de horas por los muelles, más que nada para que en la soledad de la mañana, mientras todos dormían y descansaban, yo pudiera pensar y reflexionar sobre mi vida y mi futuro. La experiencia física de la navegación y la travesía habían caído a un segundo plano en este momento y toda mi atención iba dirigida ahora a los cambios emocionales y de personalidad que estaban ocurriendo en mi posiblemente como consecuencia de este viaje.

Regresé a nuestro bote y los suecos seguían durmiendo. Era temprano aún... no era ni las nueve de la mañana y además el cansancio y la ansiedad como resultado del viaje ameritaban un largo descanso. Solo por esos cambios que yo sentía en mi y la confusión que tenía en mi cabeza era que de seguro me había despertado tan temprano. Me quedé sentado en el muelle frente a nuestra embarcación esperando por los tripulantes. No había prisa y la marina, aún cuando era inmensa y estaba llena de barcos, aparentaba estar desierta de personas. No fue mucho lo que esperé, en cuestión de media hora los suecos salieron y fuimos a desayunar.

Durante el desayuno no se habló del viaje que recién terminábamos, ni tampoco del que emprenderíamos próximamente. Lo que sí era cierto era que los compañeros daban por descontado el que yo seguiría con ellos por el resto del camino. El capitán nos dio el día libre… mañana temprano en la mañana haríamos un inventario de las condiciones del bote y después a la hora de almuerzo analizaríamos nuestra navegación anterior. En la tarde comenzaríamos a planificar nuestro próximo tramo a Panamá y haríamos el presupuesto de las necesidades del mismo.

Después del desayuno quisimos salir a dar una vuelta y a disfrutar un poco a Cancún. Todo sería en plan de conocer el lugar ese día y de nuestro viaje pasado y futuro acordamos no hablar nada. Por nuestro aspecto y actitud parecíamos tres muchachos ricachones que veníamos a Cancún a gastar el dinero de nuestros padres. Ya en la ciudad decidimos ir a un bar a darnos unos tragos. Por ser éste un destino turístico por excelencia había bares en todas las esquinas y todos con ambiente de vacilón aún a esa hora. Decidimos entrar en uno cualquiera que parecía para gente de nuestra edad y se veía limpio y tranquilo. Estábamos de buen humor; en mi caso al verme con vida, porque yo creí que de ese huracán no salía. A los suecos la impresión de la tormenta aparentemente no les causó el mismo efecto de pánico y estrés que a mi y aparte de mencionar someramente "de que el tiempo se había puesto duro", de ahí no pasaron.

No pude evitar, quizás como producto del alcohol

que ingería, caer en el tema de mi novia. Les conté de mi llamada a ella temprano en la mañana y del efecto que estaba teniendo esa mujer en mi vida. Ellos genuinamente se alegraban y me instaron a que cultivara la relación porque veían mi interés y admiraban las cualidades de mi novia. Eso me alegraba y más feliz yo me ponía con esos comentarios, a la vez que sentía que la amistad con estos compañeros de aventura se profundizaba y que eventualmente sería una íntima y sincera.

Regresamos al muelle a las seis de la tarde y luego de bañarnos, todos decidimos ir a descansar. Mañana nos esperaba un largo día y queríamos estar con ánimo y entusiasmo.

～

Nos levantamos a las seis de la mañana y fuimos a tomar café. Nos esperaba un arduo día de trabajo y planificación y no queríamos perder el tiempo. Tal como habíamos programado comenzamos a inspeccionar minuciosamente la embarcación en busca de daños ocultos a consecuencia de la tormenta. Los suecos además de saber de navegación más que el diablo, de igual manera sabían de esto de arreglar y mantener su yate. Y menos mal que era así, porque si esperaban por mí, conmigo se jodían, porque yo no sé ni apretar una tuerca.

Trepamos a uno de los compañeros a verificar las condiciones de los cables que sostienen el mástil y las velas. Para eso usamos una silla hecha con ése propósito y que se maneja con las mismas drizas de las velas. El tripulante estuvo más de dos horas en esos menesteres mientras nosotros, como dos buenos pendejos, meramente lo subiamos y lo bajábamos según él lo requiriera. Afortunadamente todos los cables y sus conexiones estaban en buenas condiciones y no habían sufrido daños producto de los fuertes vientos y las condiciones extremas a las cuales fueron expuestos.

Nuestra próxima tarea era revisar las velas. Para eso las desplegamos en el muelle y las verificamos pulgada a pulgada. La vela mayor sí tenía una pequeña rotura que fue reparada al momento por uno de los muchachos. Las otras se encontraban en perfectas condiciones. Posteriormente se revisó todo el sistema de bombas de agua y de achique y los instrumentos electrónicos de navegación y comunicaciones. Finalmente el capitán bajó al agua y revisó el casco, la quilla y el timón y corroboró su buen estado. Una vez se le dió el visto bueno a la nave y el capitán certificó que estaba en óptimas condiciones para continuar con nuestro viaje, fuimos a almorzar algo.

Hicimos un largo almuerzo donde además de comer aprovechamos y escuchamos un informe del capitán y un análisis de nuestro viaje en ruta de la Florida a Yucatán. Esta vez el capitán y el tripulante estaban mucho más conformes con nuestro desempeño que en nuestro primer tramo. La navegación fue muy precisa en cuanto al rumbo trazado y el tiempo del recorrido con variaciones que eran mínimas. El capitán nos felicitó a ambos por nuestro desempeño durante la tormenta, sobre todo haciendo mención de mi comportamiento y ayuda durante la misma. Ambos estaban sorprendidos y agradecidos de mí e hicieron que sus felicitaciones y elogios me motivaran y me dieran confianza en lo que había aprendido y hacía. Salimos y nos fuimos a bañar en preparación de nuestra reunión nocturna.

~

Estuve por varios meses buscando trabajo una vez me gradué de la universidad. Yo estaba consciente de que con un bachillerato en psicología no se me iba a hacer muy fácil conseguir un trabajo rápidamente, pero aún así tenía fe de que lo conseguiría. En última instancia no todo el mundo se graduaba de universidad como yo en aquellos tiempos.

Un buen día me crucé con un antiguo compañero de universidad en mi año de prepa mientras me daba unos tragos en el Viejo San Juan. Aunque hacía mucho tiempo que no sabía de este amigo, él me habló de que había conseguido trabajo en la Corte Federal porque ésta estaba desarrollándose tremendamente, con un aumento significativo en la cantidad de jueces y por consiguiente en el personal de apoyo necesario para correr la misma. Me instó a que fuera a solicitar empleo y para mi buena noticia me informó que el único requisito era tener un bachillerato universitario no importaba en qué. Me pareció perfecto y no esperé ni un solo día, al otro día fui a solicitar.

Cumplimenté todos los formularios para una plaza vacante de alguacil del tribunal y me entrevistaron ese mismo día. La formalidad del Gobierno Federal me impresionó y deduje que eran muy escasas las probabilidades de conseguir el empleo. Pero me equivoqué y sin esperarlo me dieron el trabajo.

Ser *marshall* del tribunal de los federicos es algo de mucho prestigio. De más está decir que el salario era muy bueno y los derechos y beneficios que como empleado federal tendría, más todavía. De momento sentía que la vida se estaba portando bien conmigo y me comprometí conmigo mismo a enfocar mejor mi futuro.

Luego de un entrenamiento bastante intensivo me gradué como alguacil y comencé mis labores ya con mi puesto formal. ¡Hasta pistola y placa me dieron!... En el trabajo todo marchaba bien... era mi vida personal la que todavía no encontraba su rumbo y que yo sabía que en algún momento me iba a confligir y afectar en el desempeño de mis labores.

Y así las cosas otro buen día, también en un bar del Viejo San Juan, surgió la propuesta de esta aventura y como ya les dije, ni a renunciar me presenté. Repito que esta fue una de las peores decisiones que había tomado en mi vida, sobre todo después de llevar ya algunos años trabajando en el tribunal. Nuevamente sospecho que algún día me arrepentiré de esa decisión y de la manera tan inmadura y poco profesional como dejé el trabajo.

~

Durante la cena el capitán presentó un trazado del curso que pensaba nos llevaría a Panamá. Este era un recorrido que de acuerdo al sueco sería de navegación plácida y placentera. Sería una navegación de través, cerca de la costa y en aguas del Mar Caribe en su mayoría. Estimaba un tiempo de travesía de aproximadamente diez días teniendo en cuenta que encontraríamos en el camino playas paradisíacas donde con toda probabilidad haríamos pequeñas escalas de placer.

Se presentó el presupuesto y lo discutimos. En este tramo íbamos a suplirnos con algo más de lo que nos hacía falta porque ya entrando en estos países donde las facilidades de muelle posiblemente no eran tan modernas y completas, quizás se nos podía en alguna hacer un poco difícil conseguir lo que necesitábamos. Además los precios por nuestras necesidades de bebida y comestibles con seguridad serían mayor que aquí. El capitán planteó también, sujeto a nuestra aprobación, el que trabajáramos nada más que en las mañanas para descansar un poco del viaje que ya llevábamos y para el venidero. Estuvimos de acuerdo y proyectamos nuestra estadía en Cancún en tres semanas.

Nuevamente no tuvimos ningún problema en conseguir trabajo suficiente para levantar el dinero que necesitábamos. De hecho se nos hizo mucho más fácil esta vez, porque tal como yo creía, eran mucho los propietarios de embarcaciones que las tenían allí sin estar ellos presentes y le habían solicitado a la administración de la marina que le buscara personal diestro que le hiciera a sus embarcaciones las reparaciones necesarias y le inspeccionaran sus yates para tenerlos en óptimas condiciones. De tal suerte que el administrador de la misma marina ya nos tenía todo el trabajo que necesitábamos y nos pagaban sin discutir lo que les pidiéramos. Aún así, nuevamente dándome los suecos muestra de su calidad humana, no abusaban de los clientes con sus honorarios, aún cuando el dinero no se cuestionaba.

Cuando llegamos al muelle quise ir a llamar a mi "novia" y la verdad es que fue una buena idea. Le conté en detalle todos nuestros planes y a ella le alegró mucho el ver mi cambio de actitud con esta aventura, parece que intuyendo lo bien que me venía en el proceso de poner mi vida en orden. Yo estaba más contento que el carajo y lo único que me interesaba era regresar a mi país y salir después a la Florida a buscarla. Pero para eso todavía faltaba y de todas maneras yo tenía que esperar que ella acabara finalmente sus estudios. Además era evidente lo bien que me estaba yendo esta experiencia con relación a mi estructura existencial.

~

Mi trabajo como alguacil era uno muy delicado y envolvía peligros propios de la profesión. ¡Por algo andábamos armados, no solo en el trabajo sino en todo momento! Yo me gané el respeto y el aprecio de los jueces del tribunal y de los compañeros de trabajo. Con toda humildad pienso que hacía un buen trabajo y además me convertía en otra persona una vez llegaba a la corte. Lo que pasa es que cuando terminaba con mis labores, por alguna razón que yo no podía identificar y que aparentemente disfrutaba, mi vida personal perdía sentido y entonces caía en el estilo de vida que a mi edad ya no debería tener.

Podía salir y amanecerme bebiendo y jodiendo cualquier día de la semana. Afortunadamente y me imagino que por mi juventud, al otro día responsablemente estaba en hora y como si nada, cumpliendo con mis labores. Según el tiempo pasaba esta responsabilidad se me hacía más difícil, pero aún así seguía siempre sin fallar. Los fines de semana era otra cosa y podía estar desaparecido, dependiendo de lo que me encontrara, sin regresar a mi casa por todos esos días.

De igual manera no tenía control con relación al sexo y las mujeres. Me había convertido en un mercenario sexual y no tenía criterios ni escrúpulos con relación a una pareja. El único requisito que entonces tenía es que fuera una mujer y me exponía a realidades que sólo ahora y por mi relación actual puedo ver. ¡Que poquito me quería y que poquito me respetaba!

Tuve mucha suerte, pero siempre supe que esa suerte no iba a ser eterna. Por el puesto que tenía y por la imagen que debía proyectar como *marshall* federal mis actitudes eran todo lo contrario a lo que se esperaba de mí. Aún así nunca fui amonestado y mi expediente, salvo mi "deserción", quedó limpio y en buen *standing*. ¡Sabe Dios si hasta pueda recuperar algún día mi plaza... aunque lo dudo!

~

En la marina y con nuestros trabajitos no había problema. Aun con nuestro horario reducido a sólo en la mañana, en cuestión de semana y media habíamos reunido todo el dinero que nos hacía falta. No obstante el jefe mantuvo su itinerario de estar tres semanas en puerto y además decidimos que aunque ya teníamos el dinero que nos hacía falta, íbamos a seguir trabajando por una semana más para tener dinero adicional en caso de que en alguna de nuestras paradas no tuviéramos esta misma suerte.

Cogerlo suave nos había venido bien. Físicamente nos veíamos más fuertes y repuestos. Estábamos comiendo bien aunque no éramos de mucho comer. Obviamente si lo comparábamos a la manera que nos habíamos acostumbrado mientras navegábamos, aquí comíamos como reyes. En días alternados también habíamos acostumbrado ir en las tardes antes de cenar a tomarnos un par de cervezas pero sin excedernos en la bebida.

Estos días de vacaciones donde estábamos sin ninguna presión empecé a conocer un poco de la historia de los suecos. Los tipos eran muy discretos y solo porque yo; boricua al fin los interrogaba, era muy poco lo que hablaban de ellos.

Averigüe que los compañeros eran primos y que en Suecia la navegación y la construcción de botes es parte de su cultura. En esos países del Báltico, como herencia de los vikingos, parece que eso se lleva en la sangre, por eso estos tipos saben tanto de navegación y de mantenimiento y reparación de embarcaciones.

Ambos son profesionales... ingeniero el capitán y arquitecto el tripulante y una vez terminaron sus carreras decidieron emprender esta aventura antes de comenzar a ejercerlas. Están en los mediados veinte y ya llevan seis meses navegando. Planifican una vez regresemos a Puerto Rico seguir travesía de regreso a su casa con otro tripulante que esperan conseguir como lo hicieron conmigo en la isla.

De su vida personal y privada era muy poco lo que hablaban. Nuevamente, por qué yo insistía, supe que ambos eran solteros pero que tenían compañeras. En Suecia la relación de parejas está a años luz de lo que nosotros conocemos, siendo este uno de los países más adelantados y desarrollados en esa materia.

Los días pasaban y se agotaba nuestra estadía en el país. Con todo el dinero adicional que habíamos ganado parecíamos ricos retirados que nos dábamos buena vida. Decidimos que la noche antes de partir haríamos una cena en el restaurante de la marina porque sabíamos que pasaría mucho tiempo sin volverla a hacer. Así las cosas reservamos una mesa para esa cena inolvidable.

~

Nos vestimos con nuestra mejor ropa y llegamos al restaurante. En realidad parecíamos ricachones que andaban en su yate paseando por el Golfo sin preocupaciones y con mucho dinero. El hecho de ser jóvenes y bien parecidos nos distinguía del resto de los presentes y si a eso le añadíamos que hablábamos en inglés y de vez en cuando los suecos lo hacían en su idioma, se deben imaginar que las miradas no se despegaban de nuestra mesa.

Comenzamos con una cava helada por aquello de establecer un *mood*. Esa noche estaríamos en vinillos y cosas finas, sin ni para el carajo pedir romo o cervezas como si fuéramos unos rasca tripas. Bebimos como cosacos, pero cosas finas que nos distinguían. De igual manera picamos exquisiteces como si verdaderamente fuéramos millonarios. Finalmente cenamos opíparamente y sin ninguna restricción. ¡A quien no le gusta esto!

La cuenta fue abultada, pero los sabíamos, y para eso habíamos trabajado un poco más... para darnos este gusto que íbamos a establecer de ahora en adelante como uno constante en cada lugar donde nos muelláramos. Cancún había sido una excelente experiencia y para mí en específico fue un bálsamo que contribuyó grandemente en mi sanación y enfoque de vida futura.

Durante la cena pude intimar aún más con los suecos. Se aprende mucho con culturas superiores a las de uno y el hecho de uno no conocer su lugar no quiere decir que los conceptos no tengan validez. Me propuse durante el resto del viaje nutrirme de esos conocimientos y esa visión de vida de los del norte.

Regresamos casi a la media noche. No estábamos borrachos no obstante lo mucho que bebimos. El hecho de que fuera vino y a su vez hayamos comido tanto, ciertamente tuvo que ver en eso. Conversamos por un rato más en nuestro barco y alrededor de las dos de la madrugada decidimos dormir.

Mañana partiríamos a las seis de la tarde nuevamente, así que tendríamos la oportunidad de dormir y descansar lo suficiente antes de soltar amarras. El barco estaba ya listo para nuestra navegación, entonces mañana lo cogeríamos suave.

~

Temprano en la tarde, ya listos para el viaje, fui y llamé a mi novia. Ella estaba contenta y emocionada nuevamente con mi actitud y nos transmitió sus buenos deseos y vibraciones. Yo le declaré mi amor y mi agradecimiento... otra vez jurándole felicidad eterna.

Tal como programamos a las seis de la tarde soltamos amarras para nuestra nueva aventura. Esta vez con rumbo a Panamá. Tenía mucha fe en que ésta navegación iba a ser distinta y que empezaría a sentir que el navegar "era un estilo de vida". De eso estaba seguro... ¡Qué el Señor nos acompañe!...

V

La dinámica de nuestra navegación era muy distinta en esta ocasión... ¡al fin!... Una vez soltamos amarras y ya fuera del área de la marina, nos enfilamos rumbo a nuestro próximo destino... Panamá. Navegábamos cómodamente y tal pareciera que ciertamente éramos jóvenes ricos que nos dábamos la buena vida gastando el dinero de los viejos. El bote no se movía, meramente se desplazaba sobre el mar a buena velocidad; en través, y tuve el presentimiento de que el resto de nuestro recorrido iba a ser así... una delicia.

Bordearíamos Méjico, Belice, Guatemala, Honduras, Nicaragua, Costa Rica y finalmente Panamá. Yo supuse, equivocadamente, que los países centroamericanos nos protegerían del mar malo y que por consiguiente este sería un paseo como hasta ahora. ¡Ojalá y así sea... quizás me convenza más del "estilo de vida" del cual hablan los suecos.

No bien salimos de la marina y ya en franca navegación, comenzamos a disfrutar de nuestra naturaleza y todo ese paisaje espectacular que el Señor nos regalaba. Nos escoltó por un buen rato una escuela de delfines que se combinaron con un atardecer indescriptible que me reconfirmó que definitivamente Dios existe. Jamás había yo sentido un éxtasis de emociones como el que sentía ahora. ¡Estaba transportado a otro mundo... definitivamente mejor de lo que yo conocía hasta entonces!

Por un par de días disfrutamos de esas condiciones climáticas de revista... mar tranquilo, buen viento, días claros y de mucha visibilidad... en fin, el paraíso marítimo. Qué rápido y con qué facilidad se me olvidaron todos esos momentos desagradables que tanto sufrimiento y angustia me habían causado en las primeras etapas de esta aventura. Ahora sí que podía afirmar que ¡este sí era un estilo de vida... y me gustaba!

Nuestro plan de navegación se cumplía al pie de la letra y nuestro curso y tiempo de recorrido era según lo programado y discutido con nuestro capitán. La suavidad de nuestra trayectoria nos brindaba la oportunidad de compartir y conversar tranquilamente en cubierta como si fuera en tierra firme que lo hiciéramos... y como si fuera un protocolo del viaje, el jefe todas las mañanas nos hacía un informe de lo pasado y de lo que debíamos esperar durante el día y la noche en ese día. Yo estaba maravillado con los conocimientos del sueco y admiraba su responsabilidad como encargado de la embarcación. Por medio de los instrumentos de navegación y sobre todo con los de comunicación, la información que en las mañanas recibíamos del capitán eventualmente mostraban muy poca variación con lo que más tarde nos encontraríamos. Cada día mi confianza en el viaje era mayor y eso hacía que me sintiera más seguro y complacido con la decisión que había tomado.

Me sentía afortunado y no podía evitar desviar mis pensamientos a la mujer de quién me había enamorado perdidamente y quien con su amor y amistad cambiaría el curso de mi vida y las metas a las cuales ahora aspiraba. De igual modo, el plan divino de mi vida me llevó de manera extraña a juntarme con estos norteños que por su capacidad cultural y enfoque de vida, también me han hecho cambiar la forma de ver la misma. ¡Que fácil y que agradable puede ser disfrutar estas cosas sencillas que vemos y no observamos!

Así las cosas gozaba como niño chiquito el momento que vivía y me nutría de experiencias que enseñaban lo que no puedes estudiar. Me doy cuenta de que todo lo que te ocurre en la vida es una cadena de eventos que definirán tu futuro, pero... no siempre fue así...

～

Ya les conté que cuando me gradué de la universidad salí a buscar trabajo como era lógico. Tenía un grado universitario, pero no me consideraba un profesional porque la realidad es que un bachillerato en psicología no servía para mucho. Por varios meses deambulé con un dinerito que tenía, dándome una vida licenciosa como el que no espera nada de ella. Me levantaba tarde y no hacía nada más hasta entrada la tarde, cuando caía en uno de esos negocios que frecuentaba y donde ineludiblemente me encontraba con habitantes como yo que estaban en mi misma onda. Pensé que este sería mi futuro y estaba conforme... Y ocurrió que ya casi terminándoseme los pocos fondos que tenía fue que me encontré con el amigo que me encarriló con mi trabajo y me estabilicé un poco.

Tal parece que la vida que me daba en la universidad se había hecho parte de mi existencia. Creía ingenuamente que la vida era un relajo... y ¡cómo me gustaba!... Entonces en esos tiempos míos de vagabundear y creyendo que me las sabía todas, conocí mujeres en todos los sitios donde iba y les hacía creer que las enamoraba. Sin alardear les aseguro que me tiré al menos un centenar de ellas y eso se convirtió en algo tan común y usual en mí que no tenía el más mínimo efecto en mi vida, ni en mis planes, ni en mi futuro. Equivocadamente pensaba que estaba contento y que era y seguiría siendo, un camaján.

Una de esas noches donde hacía lo que tanto yo disfrutaba, conocí a una joven que me agradó. No se si me atrajo genuinamente o si por el contrario, entre lo que ya había bebido y mi manera de proceder, establecí un *rapport* con ella esperando que culminara en la cama. Nos dimos tragos y conversamos, pero para mi sorpresa la muchacha no era como las otras que pululaban sitios como estos y conversaban, buscando posteriormente otras cosas con habitantes como yo.

La joven se comportaba distinto a lo que yo estaba acostumbrado y se expresaba muy correctamente... en realidad mucho mejor que yo. Su conversación era agradable e interesante y evidentemente no estaba allí buscando desesperadamente un tablazo como era lo establecido. Para mi esto era una novedad y al principio cuando intentamos establecer una conexión se me hizo algo difícil, ¡no sabía cómo!... finalmente lo logré y pasamos la noche de maravillas, meramente conversando y divirtiéndonos.

Nos despedimos, no sin antes intercambiar números telefónicos con el propósito de volvernos a encontrar. De más está decir que no dormí esa noche. Esta fue una experiencia que yo no conocía ni había experimentado jamás. Empecé a cuestionarme si esto era lo que se llamaba amor, porque para mí, nuevamente, esto era algo desconocido.

Me levanté al otro día algo más temprano de lo acostumbrado. Ciertamente esa velada de la noche anterior estaba teniendo un efecto mixto en mí... por un lado me agradaba sobremanera la nueva experiencia que viví anoche y por el otro, me causaba un miedo terrible. Con esta incertidumbre decidí llamar a la nueva amiga tan pronto me levanté. No iba a seguir angustiándome con esta jodienda y quería saber si para la recién conocida lo nuestro había sido algo más que solo un encuentro casual.

~

Me parecía que no era real lo que disfrutábamos en este momento con nuestra navegación. Si lo fuera, me imagino que esto es lo que todo el mundo podía desear como lo máximo en su vida. Llevábamos ya dos días en esto y me preguntaba hasta cuando seguiríamos en este paraíso. Pero siempre todo se jode y esta vez nuevamente el panorama cambió radicalmente cuando salió el capitán de su mesa de navegación para informarnos que en par de horas tendríamos un cambio grande en nuestras condiciones de navegación. Yo me escamé pensando que vendría otra de esas cabronas tormentas que ya habíamos experimentado y que tanto me jodieron la vida. Pero no fue así, sino todo lo contrario. Con la tranquilidad pasmosa que lo caracterizaba, el sueco nos informó que tendríamos un largo periodo sin viento debido a una alta presión que evitaría nuestra placentera travesía. Para mí la noticia no era tan mala si la comparaba con lo que originalmente había pensado. Nunca había experimentado un calmazo como el que predecía el capitán, pero era obvio que como las tormentas no sería.

Y otra vez el cabrón sueco demostró su sabiduría náutica. Tal como había vaticinado al cabo de dos horas la brisa mermó hasta irse a cero... ahora solo flotábamos a merced de las corrientes que sabe Dios a donde carajo nos llevarían. Pensaba que esto duraría dos o tres horas nada más... ¡coño y que equivocado estaba!

Al principio no fue tan malo. Conversábamos en cubierta tranquilamente y sin nada que hacer. Decidimos intentar pescar para pasar el rato, pero el rato no pasaba y esto me empezaba a molestar y a joderme la vida. Comencé a marearme y posteriormente a vomitar, entonces sentí la impotencia del hombre contra la naturaleza y me asusté. La realidad era que no podíamos hacer nada y estábamos a merced de las condiciones del tiempo. Afortunadamente las corrientes no eran fuertes y nuestro curso posiblemente no sufriría mucha variación cuando volviéramos a encaminarnos en nuestra rumbo. Eso era lo que yo esperaba... lo que no esperaba era el que este plantón iba a durar treinta y seis horas en las cuales por poco me vuelvo loco y me tiro por la borda. Porque mire como son las cosas... "palo si bogas y palo si no bogas"... Si bien es cierto que esas tormentas le quitan la vida a uno, no es menos cierto que estos calmazos, emocional y psicológicamente, hacen más daño. Porque el aburrimiento y la impotencia te van drenando hasta hacerte llegar al borde de la desesperación y además como las tormentas se pasan más rápido y no nos dejan mucho espacio para pensar lo que está pasando, es más llevadero atravesar ese momento.

Finalmente, luego de las treinta y seis horas que les dije ¡comenzamos a navegar! Nos habíamos desviado mucho más de lo que habíamos especulado y recuperar nuestro rumbo nos representaría un atraso neto de alrededor de un día... a menos que surja alguna situación que altere esto.

~

Pensaba que mi amiga estaría durmiendo cuando la llamé. Nos habíamos acostado tarde y con algunos tragos arriba y solo por la ansiedad que yo tenía fue que me desperté tan temprano. En condiciones normales yo en particular hubiese estado en la cama hasta entrada la tarde. Pero me equivoqué y mi amiga también estaba despierta. A lo mejor ella también se había fijado en mí como yo en ella... ¡ojala!

Mi llamada fluyó con normalidad y para nada sorprendió a la joven que recién conocía. Parece que nuestro encuentro anoche tuvo en ella un efecto muy parecido al mío y así las cosas coordinamos para vernos nuevamente esa misma noche pero en otro de los lugares que ambos conocíamos y patrocinábamos. Fuimos puntuales y nos encontramos según convenido, solo que yo me había hecho el propósito de averiguar quién era esta mujer y por qué me había interesado tanto.

La joven era contemporánea mía; solo un par de años menor. Ahora sin los efectos del alcohol todavía, observé que era bella y que posiblemente por eso me atraía tanto, aunque esa no era la realidad verdadera de mi interés. Estudió en la Iupi al mismo tiempo que yo y se graduó de arquitectura. Trabaja en una compañía grande que ofrece esos servicios profesionales y como es común en esas oficinas, su día laboral no comienza hasta las diez de la mañana, razón por la cual se puede acostar más tarde que la generalidad de los que trabajan. Es soltera y nunca ha estado casada aunque ha tenido un par de relaciones formales sin mucha consecuencia. Me aclaró que contrario a lo que yo pueda creer, ella sale solamente los fines de semana y que sí está hoy conmigo es por su interés de que lo nuestro se convierta en una buena amistad. Es obvio que al igual que yo hice, lo mismo hacía ella, conociendo mi historia hasta ver a dónde podía llegar lo nuestro.

Yo no me aventuré a mentirle porque real y genuinamente estaba impresionado con la joven y ni para el carajo quería arriesgar la incipiente relación que parecía tener para mi un gran futuro. Le hablé de mis estudios y de mi grado académico y de cómo tuve la suerte de encontrar mi trabajo. De mi estilo de vida fue muy poco lo que le hablé, algo que no consideraba mentira sino "omisión de datos". Nuevamente nos envolvimos en una velada extraordinaria que sé que ambos disfrutábamos hasta más no poder. Yo estaba que me reía solo y es que además de lo mucho que me gustaba la joven empecé a ver cómo mis intereses de vida futura cambiaban. Sentí que la muchacha se empezaba a convertir en mi pareja y cómo mi vida se encaminaba por otros rumbos.

Comenzamos a vernos con más frecuencia, yo siempre respetando su deseo de que fuera solo en fines de semana. Era evidente que mi amiga era muy responsable en su trabajo y que no quería que nuestras citas en día de semana fueran a afectarle en sus labores. En eso estuvimos varios meses y decidimos hacernos novios con el propósito de establecer una relación permanente y duradera.

Cuando comenzábamos nuestra relación ya formal, la misma evolucionó como me imagino que le ocurre a todos los que comienzan amores. La realidad es que estábamos bastante bien acoplados y que nuestros propósitos y metas eran muy similares. Les confieso que yo estaba muy enamorado de ella y que cada día me enamoraba más. Me consta que mi novia sentía lo mismo y que al igual que yo lo que quería era formalizar nuestra unión y establecer un hogar.

En el ínterin, yo ahora más que nunca trabajaba desesperadamente. Adicional a mi trabajo fijo logré conseguir un par de trabajos inconsecuentes que al menos me generaban unos pequeños ingresos adicionales con que bandearme. Ya con una estabilidad financiera ambos, decidimos casarnos. Nuestra boda fue al extremo íntima, pero no queríamos nada más. Alquilamos un pequeño apartamentito y echamos hacia adelante. Había amor de sobra en ambas partes y estábamos seguros que nos iba a ir bien.

Todo marchaba de maravillas. Ambos en nuestro trabajo cumplíamos a cabalidad y aunque no estábamos boyantes, nos manejábamos económicamente de lo mejor. Seguíamos saliendo y compartiendo. Pensé que había sido muy afortunado y que mejor jamás podría estar, pero siempre la cago y sin quererlo ni proponérmelo pensaba en mi vida pasada y a veces la añoraba desesperadamente. Esto no podía ser... esta mujer era un regalo divino a la cual yo no podía ni considerar ofender. Me propuse hacer un esfuerzo para aclarar mi mente y sentimientos y entonces nos fuimos en un crucero para ver si me sacudía de todos esos pensamientos nocivos y lujuriosos que no me querían abandonar...

~

Cuando el calmazo famoso ocurrió, estábamos a la altura de Belice y navegábamos cerca de la costa aunque esta no era visible. Por los próximos días todo fue un encanto similar al que habíamos experimentado antes y había predicho el capitán. A la altura de Guatemala empezamos a ver y a disfrutar esas hermosas playas que se apreciaban en las revistas y conocíamos por referencia. En algunas hicimos escala y las gozamos por un par de horas. Yo estaba conciente que contrario a mí, estas playas para estos suecos eran la gloria hecha realidad, sobre todo teniendo en cuenta que para ellos, sus playas eran de hielo. Y aún así, siendo mi realidad muy distinta a la de ellos en ese sentido, yo también lo compartía admirando como disfrutaban ambos ahora como niños lo que yo antes disfruté de la misma manera con la naturaleza.

Desde ese momento en adelante la trayectoria y nuestro empeño fue el mismo. Navegábamos plácidamente y cada vez que encontrábamos hermosas playas nos deteníamos a disfrutarlas. Era obvio que no había prisa y que bajo estas condiciones ya yo no tenía esa ansiedad como anteriormente tuve por llegar a tierra. ¡Lo estaba disfrutando al máximo!, solo que extrañaba a mi novia y me hacía desesperadamente falta conversar con ella.

Según pasaban estos extraordinarios días, caí en cuenta de que ya prácticamente llevábamos tres meses en esta aventura. Para mi sin embargo, lo que había aprendido sobre la vida y sobre mi propia persona, se acercaba más a toda una existencia... Primero por mi novia, después por estos amigos suecos y finalmente por estos maravillosos momentos que muy poca gente en su vida pueden experimentar, le daba gracias a Dios por haber pensado en mí, cuando se buscaba ese tercer tripulante que pudo haber sido cualquiera otro.

Y así, envuelto en ese éxtasis existencial, comenzamos a experimentar un patrón de tiempo que hasta ahora yo desconocía. El mar empezó a picarse como el día de la tormenta. De igual forma el viento aumentó su velocidad como a cuarenta y cinco nudos llevándome a   pensar que estábamos al borde de una nueva tormenta. Me preocupé, aunque no me asusté... en realidad porque después del huracán me sentía capacitado para enfrentar lo que fuera. Pero lo que sí era extraño era que no llovía y el cielo por el contrario estaba azul y el sol alumbraba en todo su esplendor. En mi deseo de seguir aprendiendo sobre el comportamiento marino, me ví en la necesidad de consultarle al capitán lo que ocurría. Su primera reacción me complació... ni estábamos, ni esperábamos una tormenta, meramente había un aumento considerable en la velocidad del viento que como consecuencia encrispaba el mar aumentando el tamaño de sus olas considerablemente. Esto de acuerdo a él podría durar aproximadamente seis horas y no teníamos que preocuparnos en lo absoluto por los cambios climáticos. Lo mejor es que el cabrón este no se inmutaba en su explicación, sin tener en cuenta que ¡ya yo había vomitado hasta las tripas!

~

Nuestro viaje en el crucero fue fabuloso y disfrutamos hasta más no poder. Aún cuando íbamos por nuestra cuenta y no conocíamos a nadie, no se nos hizo muy difícil el compartir con un gran número de boricuas de los que siempre están dispuestos a fiestar y fraternizar con sus compatriotas. Mejor aún fue que el viaje me dió la oportunidad de valorar y reconocer la clase de mujer que tenía y de hacer un verdadero propósito de alinear nuevamente mi rumbo y mi vida. Es más ¡hasta de comenzar una familia hablamos!

Pero la realidad fue otra y ya de regreso fue muy poco lo que duraron en mi todos esos deseos y planes.

Empecé a flaquear y mi debilidad pudo más... cometí el imperdonable error de jugar con fuego y decidí, con una excusa falsa, salir una noche solo a probar suerte en la calle...

VI

Una vez salimos del vendaval que nos encontramos en el camino, continuamos con nuestro viaje, nuevamente de manera plácida y placentera. Seguimos con nuestra rutina de viaje de paseo y hacíamos paradas cada vez que nos encontrábamos con otra de esas playas hermosas que me hacen pensar que era la razón principal por la cual estos suecos hacían el viaje. Evidentemente ellos habían estudiado muy bien las cartas marinas de estos mares en su país, porque sabían donde estaban todas estas bellezas como si ellos fueran locales. Ya yo me adaptaba al mentado "estilo de vida" y toleraba; aunque no disfrutaba, esas instancias y sorpresas desagradables que nos topábamos en nuestra navegación. Lo que pasa es que los buenos momentos en la travesía, sobre todo por la paz espiritual que nos brindaban, sobre pasaban por mucho éstos otros que nos angustiaban. Según nos acercábamos rápidamente a Panamá, el ánimo de los suecos decaía. Comencé a sospechar que su cambio de actitud presagiaba el que los buenos momentos de nuestro viaje estaban terminando... ¡coño, y no me equivoqué!...

Habíamos recuperado el día perdido por el calmazo que atravesamos y como un reloj estábamos en el itinerario que nuestro capitán había preparado. Si todo seguía así, y no había razón para esperar lo contrario, estaríamos atracando en Panamá en veinticuatro horas de acuerdo al jefe. Nuevamente me preparaba yo para mi rutina de llegada, esto es; un buen baño en la marina con agua caliente, llamada a mi novia, comida de verdad, y bebida hasta desfallecer. Desafortunadamente esta vez era yo el único entusiasmado y me tocaba a mi animar a los pobres compañeros que quizás jamás en su vida se volverían a bañar en una playa como las que tanto habíamos disfrutado en el camino. Hice un esfuerzo grande por cumplir con mi cometido... comencé a cantar, a hacer chistes y cuentos, los insté a tomarnos un vinillo, en fin, todo lo que se me ocurrió para levantarles el ánimo... pero no lo logré y a los suecos estos, en este momento, no había quién les bebiera el caldo; obviamente manteniendo el respeto hacia mi, algo que ellos por su cultura sabían hacer.

La navegación siguió siendo estupenda y sorprendentemente los compañeros pasaron toda la noche en cubierta disfrutando de esa última noche esplendorosa y posteriormente de un amanecer espectacular. Yo descansé bastante pero regresé a mi turno en la madrugada a ver si el ánimo les había cambiado. Los encontré en mejor actitud y establecimos una buena conversación hasta ya entrada la mañana. Los planes preliminares, nos informó el capitán, sería estar el mínimo tiempo requerido en la marina panameña y posteriormente cruzar el Canal. Esto se discutiría más adelante como ya era nuestra costumbre.

Ya casi al mediodía comenzamos a ver muy lejos tierra firme. Estimó el capitán que en unas cuatro horas más llegaríamos a puerto. Nuestro ánimo aumentó incluyendo el de los norteños y nuevamente afloró el ambiente que caracteriza siempre nuestra llegada a tierra. Yo estaba entusiasmado y planificaba tan pronto llegara hacer lo que ya era mi costumbre. Los requerimientos de inmigración y aduanas aparentemente aquí también eran informales y no había que esperar, ni un carajo, por los agentes.

Al cabo de las cuatro horas proyectadas llegamos a la marina. Esta vez las facilidades que encontramos no comparaban con las de las que habíamos estado anteriormente, pero aún así, aparentaban ser adecuadas. Se puede decir que la marina era modesta y que servía básicamente a los que íbamos de camino y solo parábamos aquí para descanso, reparaciones y abastecimiento. Aún así tenía buenos baños, un pequeño y modesto restaurante, una tienda general de piezas de repuesto y comida, y un buen bar. En la oficina tenía un teléfono público, que en mi caso, era el más importante de todos los requisitos.

Tan pronto recogimos el bote e hicimos los trámites formales de entrada al país yo me fuí a bañar desesperadamente y después seguiríamos con nuestras cosas.

～

Le dije a mi mujer que tenía una reunión de los compañeros de la oficina para despedir a otro alguacil que ella conocía muy bien y que se relocalizaba a los

Estados Unidos. Nos encontraríamos en un bar cerca de los tribunales y compartiríamos todos por varias horas. La realidad obviamente era otra y ya al medio día se me hacía la boca agua esperando que fueran las cinco de la tarde para salir a hacer de las mías como en otros tiempos. Salí volando a las cinco en punto con rumbo a uno de aquellos lugares que tanto frecuentaba en otros momentos y que tan "buen" resultado siempre me daba. El diablo se me había metido por dentro y no podía pensar. La lujuria y el deseo controlaban mis acciones y antes de darme cuenta estaba en el lugar dándome tragos como cosaco y levantando sin mucho esfuerzo a un montón de mujeres. Todavía me quedaba algo de mis encantos pasados y todo lo que había aprendido del arte de la seducción y conquista seguía vigente en mi. El desenlace de la velada era previsible. Ya entrada la noche me fui con una de las chicas a su apartamento y estuvimos dando leña hasta el amanecer. Entonces llegué a mi casa como si nada hubiese pasado, me bañé, me vestí, y fui tan cabrón que le pedí a mi mujer que me hiciera el desayuno. Cuando terminé me fui a mi trabajo a ver como podía pasar el día.

Mi mujer ni intentó averiguar de "mi reunión de compañeros". Me imagino que lo hará esta tarde cuando nos veamos nuevamente, pero tendré el día entero a ver que me invento... Pasé un día perro. Aun siendo joven todavía, ya no es como era antes y hacía un esfuerzo por no demostrar la resaca que tenía y lo mal que me sentía.

A duras penas llegué a las cinco y regresé a mi hogar con la intención de acostarme a descansar tan pronto llegara. Pero la realidad fue otra...

La doñita ya estaba en la casa, algo que no era usual en ella, que por costumbre llegaba después de mi. Me imaginé lo peor y entonces, aún con lo mal que me sentía recurrí a mi plan "B". No hice nada más que entrar y empecé, sin dejarla hablar, a contarle de lo emotiva que fue la despedida del compañero y de cómo nos vimos todos por su insistencia, obligados a amanecernos dándonos tragos y recordando todos esos buenos momentos que por años habíamos compartido y disfrutado. Es más, hasta en son de broma le conté de cómo hoy ninguno de nosotros prácticamente podía con el trabajo; razón por la cual recibimos un limazo del Juez Presidente del Tribunal.

Para mi sorpresa mi mujer se interesó mucho por averiguar de la actividad, sobre todo al ver la solidaridad y el apoyo que le dimos al compañero. Y ahí fue que yo entonces me boté llenándole la cabeza de mentiras y disparates que yo estaba seguro que ella creía y aceptaba. Estuve más de una hora haciendo gala de mis habilidades de mentiroso y disfrutaba de este don que siempre había tenido para engañar a la gente y que hacía tanto tiempo que no ejercía. Ya viéndome en victoria, decidí decirle a la doña que estaba muerto de cansado y que ni comería con tal de irme a descansar. Nuevamente me había salido con la mía... si no fuera porque cuando me despedía, mi mujer, como quien no quiere la cosa, me dijo que qué extraño todo lo que le había contado de nuestra reunión, porque ella había llamado al supuesto homenajeado y que este no sabía de lo que ella le hablaba, recalcando que él no había pedido ninguna relocalización, ¡ni se iba de su trabajo!

~

Efectivamente la marina no era la gran cosa. Una vez tomé mi buen baño regresé al bote a buscar a los compañeros para comenzar nuestro ritual de desembarque; esto es, una buena comida y después darnos tragos hasta más no poder. Eso hicimos. Yo de camino a buscarlos había podido llamar a mi novia y estuvimos conversando por alrededor de quince minutos. Cada conversación nuestra profundizaba más nuestro amor y ambos solo pensábamos y hacíamos planes para el día que volviéramos a estar juntos.

Había pocos botes y muy poca gente en la marina. Me dió mala espina pensando que la cantidad de trabajo que necesitábamos realizar para seguir con nuestra aventura, a lo mejor se nos hacía difícil de conseguir. De todas maneras, como ya era nuestra costumbre, de eso hablaríamos mañana, cuando haríamos nuestra evaluación de lo pasado y de la proyección de nuestro próximo recorrido.

Fuimos al bar y nos dimos un par de tragos. Más tarde cenamos exquisitamente, algo que me sorprendió, y no fue por otra razón el que por las condiciones de la marina, yo personalmente no pensé que se pudiera comer al nivel que lo hicimos, donde ni en Cancún que era una marina de ricos, la comida se comparaba con esta. Después regresamos al bar y nos caímos a palos hasta tarde en la noche. Nuevamente me sorprendió el buen ambiente y trato que nos dieron en el mismo y que tanto disfrutamos nosotros.

Nos levantamos casi al medio día. Fuimos a comer algo y ahí tuvimos nuestra primera reunión para hacer un recuento de la navegación anterior. Los tres coincidimos que mejor no pudo estar y que la planificación fue perfecta, inclusive dando espacio para recuperar el día perdido producto del plantón. En la cena por la noche entonces haríamos la reunión de planificación de nuestro cruce del Canal y la próxima etapa que nos llevaría a Perú. Conseguimos un taxi que nos transportó a conocer la ciudad y a descansar mentalmente en preparación de lo que nos faltaba.

La ciudad de Panamá es una metrópolis inmensa y moderna con apariencia de mucha opulencia y dinero. La cantidad de comercio, tiendas, hoteles, restaurantes y bares ciertamente da fe de que estábamos en un lugar de gran desarrollo y efervescencia económica. Aún así, yo no lo esperaba y me quedé boquiabierto ante lo que presenciaba. Entramos en uno de esos bares y nos tomamos un par de cervezas. Ya cayendo la tarde regresamos a la marina a prepararnos para nuestra cena y nuestra reunión

~

Ya en la marina y después de darme otro baño caliente y vestirme con ropa limpia, caí sin darme cuenta en un viaje mental que me transportó a donde mi novia en la Florida. Me puse contento y tal parecía que me había drogado porque ni veía ni escuchaba nada a mi alrededor. Me reía solo y estaba feliz... estaba enamorado. Entonces para culminar ese éxtasis, decidí antes de cenar y comenzar nuestra reunión volverla a llamar. Desafortunadamente mi intento no tuvo éxito y por alguna razón, no me pude comunicar con mi amada. Si terminábamos temprano lo volvería a intentar. Encontré muy raro el no poder hablar con ella, pero pensé, como efectivamente era, el que estaba de seguro en algo relacionado con sus estudios. Fuimos a cenar y a su vez a planificar nuestro próximo viaje.

Nos tomamos un par de cervezas y cenamos. Nuevamente la comida estaba espectacular y después de comer como animales, lo menos que deseábamos era reunirnos para hablar de nuestro futuro recorrido. Pero estos suecos son gente muy disciplinada, distintos a nosotros los boricuas y esos eran los planes para la noche y había que cumplirlos. Nuestro capitán comenzó como siempre hacía, exponiendo el plan de navegación. Inicialmente cruzaríamos el Canal y sin detenernos emprenderíamos viaje a Perú. Se estableció la distancia y el tiempo de navegación y si todo salía bien, en cuestión de diez días deberíamos estar en Perú a no ser que encontráramos algún contratiempo que nos hiciera variar los planes. Posteriormente el capitán hizo dos comentarios que me corroboraron que los buenos tiempos de paseo habían terminado y que entraríamos en la parte dura del viaje.

Primeramente confirmó lo que hasta ahora me había parecido obvio... no aparentaba haber mucho trabajo en esta marina, ni en las futuras que encontraríamos más adelante. Eso nos haría más difícil el levantar los fondos necesarios para poder seguir con nuestro viaje. Ahora entiendo porqué el sueco quiso que trabajáramos de más en Cancún previendo esta situación; ¡en verdad que se las sabía todas! Y todo esto era debido a que las aguas del Pacífico en las cuales estaríamos navegando por un buen tiempo eran inhóspitas y por tal razón no era mucho el movimiento de navegación de placer en estos mares. Por tal motivo ocurrirían dos cosas... de ahora en adelante nuestra navegación sería muy dura y "para hombres de verdad" y segundo nuestro recorrido sería muy mojado y peor aún, muy frío. ¡Coño, y ahora es que el muy cabrón viene a decirme esto en vez de haberlo hecho en Puerto Rico! ¡Maldita sea mil veces!

Yo me quedé mudo y estupefacto. Para ellos era muy fácil aceptar esa realidad porque esas son las condiciones de navegación que ellos conocen y estan acostumbrados, pero para mi no y eso de seguro no me va a gustar nada. Ya anticipaba lo que me esperaba y como desearía no haberme envuelto en esto jamás... pero era muy tarde y estaba jodío. Pensar que yo no vine en este viaje a ganar ningún reconocimiento, ni para cumplir un logro personal... sino que vine a disfrutar... y ¡como carajo voy a hacerlo con esta advertencia!...

Camino al bote nuevamente llamé a mi novia. Esta vez sí logré comunicarme con ella y estuvimos conversando por casi media hora donde le expresé mi frustración y decepción con las noticias del capitán. Recién caía en cuenta que en el hemisferio sur estaríamos en la estación de invierno y el frío sería significativo y cruel. Nuevamente mi novia fue un gran consuelo y sus palabras un aliciente que aumentó mi autoestima y confianza en lo que me esperaba, asegurándome que yo vencería lo que fuera y que iba a seguir en mi conquista del cono sur.

～

Sabía que en algún momento pronto tendría que enfrentar a mi mujer y que nuestra relación matrimonial ya no sería como antes. No solo mi esposa me había cogido en una pifia, sino que además, y peor aún, le había mentido, lo que de seguro terminaría con la confianza que podía tener en mi. Nuevamente me quise adelantar a los acontecimientos e intenté idear una buena excusa con la cual disculparme y pedirle un perdón genuino. Me dí cuenta ante toda esta crisis, lo mucho que amaba a mi mujer y la clase de esposa y compañera que era. No podía concentrarme en mi trabajo e intentaba inútilmente idear algo creíble y que suavizara un poco nuestra situación. Entonces decidí hablarle con la total verdad y que el tiro saliera por donde saliera.

Llegué a la casa y nuevamente ella ya estaba esperándome. Me resigné a enfrentar la realidad y esta vez fue ella la que no me dejó hablar. Mi esposa estaba destruida, decepcionada y sobre todo se sentía traicionada y engañada... y tenía razón. No había manera de refutarla y mucho menos de acusarla de hacer más grande el problema de lo que era. Escuché pacientemente y avergonzado todo lo que tuvo que decir. Al final sus lágrimas no le permitieron seguir hablando y entonces yo le pedí que me dejara expresar.

Acepté todo lo que ella había planteado... no podía hacer otra cosa... y a la vez le pedí perdón por mis acciones y que me diera una nueva oportunidad. Reconocí que yo tenía un problema y que quise probar mi hombría equivocadamente y de una manera que ella definitivamente no se merecía. Lo que hice no tenía justificación y no esperaba que ella lo entendiera. Mi arrepentimiento yo lo hacía de corazón y estaba abochornado y con un gran sentimiento de culpa por el engaño. Ella sintió que mi sinceridad era verdadera, como en verdad lo era, y aceptó darme esa nueva oportunidad que yo le pedía, siempre y cuando yo me pusiera en tratamiento con un terapista para evitar una repetición de mis pecados. Yo accedí y tenía la mejor intención de cumplir con mi palabra... inclusive como punto final de nuestra conversación, decidimos el comenzar con nuestra familia.

~

Temprano en la mañana, una vez desayunamos algo, nos fuimos a reunir con el administrador de la marina y le pedimos su ayuda en ubicar potenciales clientes para nuestros trabajos de mantenimiento y servicios a embarcaciones. Tuvimos la grandísima suerte que acababa de llegar un mega yate a la marina en esa misma semana que necesitaba mucho trabajo especializado, sobre todo de electrónica y comunicaciones y que los suecos alegaban tener la capacidad para realizarlos. Nos contrataron y estuvimos trabajando en él por un poco más de una semana. Y yo me incluyo, porque aunque lo mío era el trabajo no diestro, ¡buscaba piezas y apretaba tuercas!

Por ser este un trabajo tan delicado se cobró muy bien y no solo nos dió para cubrir los gastos de nuestra próxima etapa sino que nos sobró mucho dinero que nos garantizaba por lo menos cubrir los gastos de dos paradas más. ¡Que leche la nuestra, porque si no llega a ser por este mega yate, todavía estaríamos buscando el dinero necesario para sobrevivir! Pusimos fecha de salida al Canal y después Perú, para dos días después de terminar nuestros trabajos y haber sido los mismos aceptados por el encargado del barco. Planificamos nuestra cena de despedida, que por fortuna íbamos a poder tener, y nos preparamos para nuestra salida.

Yo llamé a mi novia para informarle de nuestra experiencia y de nuestros planes de navegación. Yo estaba más contento que el carajo hasta que ella, sin que fuera su intención, me recordara que la parte mala del viaje ahora sería que comenzaría. La nota y la alegría que sentía se me fue al piso, y entonces me propuse disfrutar al máximo nuestra cena de despedida y jartarme de vino y champaña durante la misma y después, hasta caer de culo...

VII

Planificamos partir de la marina a las seis de la tarde como era ya nuestra costumbre, rumbo al Canal de Panamá. Esto nos daría el tiempo suficiente para librarnos de la resaca de nuestra cena de despedida y para descansar todo el día. De acuerdo a nuestros planes, mañana temprano en la mañana ya deberíamos estar en el Canal y en turno para su cruce, en un acontecimiento que para todos sería inolvidable. Para los suecos de igual manera esto será una tremenda experiencia que de seguro es parte de sus motivaciones aventureras, aunque en el caso de ellos, me sospecho que ya han hecho todas las averiguaciones posibles y sabrán paso por paso que esperar. Antes de partir, porque ya también era mi costumbre, llamé a mi novia y estuvimos conversando por un largo rato. Su apoyo y buenas vibraciones sabía que las iba a necesitar por el resto de nuestro viaje.

Puntualmente soltamos amarras a las seis de la tarde siguiendo según pautado nuestro itinerario. Nuestra experiencia en la marina fue bastante buena porque aún con sus limitaciones físicas y de servicio, tuvimos la suerte de conseguir un trabajo que no esperábamos y nos suplió fondos, posiblemente para dos paradas más... además la comida que degustamos en su restaurante fue de maravilla. Las proyecciones de navegación eran de una navegación nocturna; cómoda y agradable hasta el área del Canal. Atravesarlo pudiese ser cuestión de un día y entonces sin mirar hacia atrás, encaminaríamos a Perú. No podía evitar el recordar constantemente que ya comenzando con esa navegación del Pacífico rumbo al sur, nuestro viaje dejará de ser diversión y será un reto de hombre contra naturaleza, donde ciertamente esperábamos salir airosos.

La noche era muy bonita y estaba sumamente estrellada. Nos impulsaba una brisa de alrededor de doce nudos que nos azotaba de través y que hacía que nuestro recorrido fuera una delicia. Decidimos compartir en cubierta prácticamente toda la noche. Habíamos descansado bastante durante el día y además queríamos aprovechar este último momento en el cual podíamos cómodamente disfrutar la navegación. Salvo los paisajes y la majestuosidad del Canal como obra de ingeniería, pensábamos que el trayecto a través del mismo iba a ser aburrido, así que quisimos disfrutar esta navegación de mar abierto hasta más no poder. El amanecer también fue grandioso y como estábamos ya en un mar tranquilo, yo fui y preparé un buen desayuno, por si acaso era el último en largo tiempo.

～

Comencé a ir a la terapia psicológica según me había comprometido con la doña. Por mi madre que estaba poniendo de mi parte y haciendo un gran esfuerzo por no defraudar a mi mujer. A esa compañera mía yo la quería demasiado para arriesgarme a perderla por algo que ya no debería ser parte de mi vida. Desafortunadamente todavía lo era, pero yo luchaba por librarme de ese demonio que ponía en riesgo mi felicidad y que no era justo con mi esposa. Realmente el requisito del tratamiento psiquiátrico que había impuesto mí doña para intentar una reconciliación en nuestra relación fue una buena idea y yo sentía que mejoraba mi actitud, y que mi visión y proyección de vida futura se encaminaban en el rumbo correcto. Estaba contento y esperanzado y mis terapias eran prioridad en mi vida.

Como parte de este proceso le saqué el cuerpo a todo aquello que pudiera tentarme y hacerme flaquear y entonces ni a darme una cerveza con los compañeros de trabajo aceptaba yo. Mi esposa estaba contenta y me brindaba tremendo apoyo y respaldo; y para nada me exigía ni me presionaba, todo lo contrario. Nuestro hogar se estabilizó y yo pensé que todo se normalizaría y nuestro matrimonio volvería a ser feliz.

El proceso con el psiquiatra era complejo y proyectaba ser uno largo. Aún así, lo que estaba en juego para mi era muy importante y ni me cuestionaba el seguirlo al pie de la letra. Pasaban los días, las semanas y los meses y yo notaba una mejoría considerable... pero de ahí, a sentirme curado y sacar de mi vida esa necesidad y deseo desenfrenado de serle infiel a mi mujer y estar con otras, todavía faltaba un muy largo trecho. Y es muy interesante cómo estos profesionales de la salud mental, con su guardia monga van entrando en lo más profundo e íntimo de un ser, para ir determinando las posibles causas de esas aberraciones que muchos tenemos y no sabemos por qué. Salía agotado de mis sesiones y mi único deseo era llegar a mi casa y acostarme a dormir.

Creía que mi matrimonio se iba a pique, porque era muy poca la atención que yo podía prestarle a la doña al tener puestas todas mis energías en mi proceso curativo. Pero era tan extraordinaria esa dama que compartía su vida conmigo, que parecía no prestarle importancia a mi falta de afecto, con tal de verme seguir en mi proceso terapéutico.

Lo usual es que mi mejoría era acumulativa y cada vez era más lo que me acercaba a ese lugar de vida donde debía estar. No obstante tengo que reconocer que en ocasiones tenía recaídas que me hacían dudar de mi recuperación. En esos específicos momentos me sentía como un adicto tratando de dejar su consumo de drogas, entonces caía en cuenta que la realidad es que eso es lo que yo era... un adicto... solo que de el sexo.

～

Aunque los suecos no lo expresaron, sé que ellos también pensaban que el tremendo desayuno que preparé, podía ser el último completo en este trayecto.

Una vez entráramos en el Pacífico estábamos todos conscientes de que muy difícilmente se iba a repetir esta actividad. Llegamos apenas amanecía a la zona del Canal según era nuestro plan de navegación.. Allí se hicieron las diligencias pertinentes para nuestro cruce y solo nos restaba esperar. No teníamos la más remota idea de los procedimientos y meramente aguardábamos tranquilamente que pasara el tiempo y llegara nuestro turno.

La actividad comercial como consecuencia de los que usan los servicios del cruce era increíble. Jamás imaginé ver la cantidad de personas y equipos necesarios en estas labores. Ahora sí que yo estaba maravillado y a su vez me sentía afortunado de ser testigo de este movimiento. Finalmente llegó nuestro turno y junto a él, un cúmulo de experiencias y emociones que no me es fácil narrar. Yo no sé mucho de eso, pero esta obra de ingeniería que es el Canal de Panamá tiene que ser lo más grandioso en esa profesión... juntar dos océano y escalar las montañas en el proceso, deja boquiabierto a cualquier persona... y ser yo uno de los afortunados que moriré con esa experiencia, me regocija y me enorgullese.

Estuvimos por varias horas en ese proceso único. A su vez, veíamos como poco a poco nos acercábamos a nuestra triste realidad... nuestra tortura en el Pacífico. Ya casi a punto de enfilarnos en ruta a Perú sucedió algo que no había ocurrido antes... los suecos me pidieron que me uniera a ellos en una oración a nuestro Señor para que nos acompañara en nuestra travesía, sobre todo en nuestro cruce del Cabo de Hornos. Yo me cagué encima... si con todos los tiempos malos que nos habíamos encontrado antes, ésto no había ocurrido, entonces lo que nos esperaba ciertamente era muy malo. ¿Que carajo será ese Cabo de Hornos que mencionan los norteños? Ciertamente eran muchas las sorpresas que me esperaban.

Salimos del Canal y comenzamos nuestro suplicio rumbo al sur. Puede ser que fuera consecuencia de la sugestión, pero les juro por mi madre que no hicimos nada más que flotar en ese mal llamado Océano Pacífico, que la cosa se jodió. El mar nos esperaba embravecido como para establecer que era él el que estaba en control. Las olas nos azotaban a estribor y salpicaban copiosamente a cubierta. La situación nos obligó a usar nuestras capas y botas de agua lo que hacía extremadamente incómodo nuestros movimientos. Además sin quererlo, nos mojábamos con agua muy fría que no era nada agradable para mi. Yo temblaba e inconscientemente me cagaba en la madre de estos dos cabrones que nunca me advirtieron de lo que nos esperaba... y lo peor era saber que recién empezábamos nuestra travesía al sur.

Yo estaba seguro de que no podría aguantar lo que atravesábamos. Si por poco me muero por una tormenta que nos tomó sólo cuatro horas cruzar, imagínense este infierno por diez días. Yo ya vomitaba copiosamente y me sentía desfallecer. Me sorprendía la calma de los compañeros y sobre todo la indiferencia con relación a mi situación. Eso causaba dos opiniones encontradas en mi... o era que mi estado físico era pasajero, o estos tipos eran sendos hijos de puta que les importaba un carajo como yo me sintiera...

Después de haber ya pasado mucho tiempo donde yo me sentía contento y adaptado a la navegación, volvieron a surgir en mi esos deseos desenfrenados de regresar a casa. No estaba contento y me sentía traicionado, y es que para muchos como yo, nuestra naturaleza es estar en lo cómodo y agradable. Para otros, como los cabrones estos, los retos y las aventuras es lo que les interesa. ¡Que se metan el jodio Cabo de Hornos por el mismo culo, pero que conmigo no cuenten!

~

Empecé a notar que las terapias y los consejos del psiquiatra tenían un efecto positivo en mi, siempre y cuando yo me mantuviera alejado de toda tentación. Así era muy fácil, pero yo no quería pasar el resto de mi vida encerrado en la casa porque entonces, ciertamente iba a estar con mi mujer, pero me parecía que el precio que tenía que pagar era muy alto y yo no estaba dispuesto a eso. Le expresé mi sentir al terapeuta y obviamente él estaba de acuerdo conmigo, solo que él entendía por su experiencia que yo todavía no estaba preparado para enfrentar con éxito la vida en la calle. Para eso faltaba un buen tiempo aunque él estaba seguro que iba por buen camino. Intenté seguir sus recomendaciones, pero había algo en mí que podía más que la racionalidad y que me impulsaba a dejarme ir por lo que sentía y no lo que pensaba. Y volví a flaquear, solo que esta vez fui más prudente e intenté ser más comedido... y lo logré.

Decidí un viernes en la tarde ir de viernes social a uno de esos lugares que yo siempre frecuentaba. Me propuse estar en el local solo durante el *happy hour* que era de cinco a siete de la tarde y después regresaría a la casa. Lo mejor es que se lo notifiqué con lujo de detalles a mi mujer e inclusive le informé del lugar donde iba a estar. Sabía que el riesgo era grande y sabía también que lo usual es que el placer puede más que el deber. Aún así me aventuré y fui...

Llegué al lugar y mis viejos amigos, parroquianos fieles del negocio, se sorprendieron al verme después de tanto tiempo sin frecuentar yo el sitio. Todos celebraron mi regreso y tuvieron la discreción de no entrar en detalles con relación a mi ausencia. Yo me sentí como siempre y disfrutaba intensamente el momento. Mi primera tentación fue con la bebida. En otros tiempos, yo consciente de que el dos por uno del *happy hour* duraba solo dos horas, quería acabar con toda la bebida disponible en el bar. Esta vez no sentí ese impulso; meramente pedí dos Cuba Libres y con los dos de promoción, me tomé cuatro en total. Esa era una buena señal de que estaba en control todavía.

Más tarde me surgió la verdadera prueba de fuego cuando apareció una de mis viejas "víctimas" en el negocio y obviamente vino a mi lado buscando la compañía que tantas veces le brindé. Les juro que la tentación fue grande, porque ésta era una de esas mujeres de las que yo nunca me cansaba por lo mucho que me gustaba. En ese conflicto entre el placer de sucumbir o el deber de tener éxito comencé a recordar las terapias que recibía y el amor tan profundo que le tenía a la doña. Tuve éxito y no sucumbí, y entonces a las mismas siete de la noche cuando terminó el *happy hour* me despedí y regresé a mi hogar.

Compartí con mi mujer tan pronto llegué la experiencia de esa noche sin omitir absolutamente nada de lo ocurrido y con un gran orgullo de mi parte. Ella me creyó todo y de igual manera se alegró por mi fortaleza y mi carácter. Pensé que me estaba curando y que ya estaba capacitado para tener control de mis acciones y deseos. Aunque no era mi intención tentar al diablo, creí que ya yo podía salir a compartir como antes sin ningún miedo, ni peligro de tener una recaída... me equivoqué... .

~

De más está decirles que las condiciones de navegación seguían igual, si acaso peor, porque mientras más navegábamos al sur, más el frío se sentía y más molestaba el jodio aguacero de agua helada que nos bañaba constantemente. Yo en realidad pensaba que me moría según pasaba el tiempo. Las náuseas, los vómitos y el mareo sólo aumentaban y no era capaz ni de probar agua. Sentía la debilidad y la deshidratación de quién se está muriendo y lo peor nuevamente, es que a estos cabrones parecía importarles un carajo.

Por fortuna pude dormir las dos horas que me tocaban abajo en el camarote. Parece ser que entre mi debilidad y el cansancio, mi cuerpo me gratificó con este descanso, y como si fuera magia desperté sin los síntomas con los cuales me acosté. No quiero decir que me había curado... pero ciertamente me sentía mucho mejor y el efecto de las olas y el frío causado por la mojadera ya no me afectaban como hacía un par de horas atrás. Mi turno de timonel lo pude cumplir sin problemas y nuevamente el ver el amanecer, aún con todas las vicisitudes que atravesaba, me reanimó y me hizo sentir feliz. Con mi guardia terminaban los turnos nocturnos de vigilancia y al subir los dos suecos a cubierta, yo en vez de acompañarlos, decidí bajar a dormir un rato más.

Descansé tres horas más y subí con los compañeros. Las condiciones marinas eran exactamente iguales a como habían sido todo el trayecto, sin embargo las encontré más tolerables e inclusive mis síntomas de mareo y náuseas habían desaparecido. Antes de subir pude prepararme un poco de café que ciertamente me devolvió la vida al cuerpo y estoy seguro de que en gran medida, mi ánimo ahora, se debió al mismo.

Avanzábamos a buena velocidad, no sé si como lo había estimado el capitán, pero lo cierto es que yo fantaseaba que el trayecto iba a ser mucho más corto de lo planificado y que antes de lo previsto estaríamos en Perú. Hasta ahora las condiciones de navegación ni mejoraban ni empeoraban. Si se mantienen así todo estará bien, porque aparte de que mi cuerpo se ha ido adaptando a estas condiciones, también el saber qué esperar, le da a uno cierta confianza y seguridad. Solo faltaba tener fe de que no hubiera cambio y ver si de alguna manera se podía disfrutar el viaje.

~

Esperé que pasara como un mes antes de aventurarme nuevamente con otra escapadita. Esta vez decidí no notificarlo a mi mujer, porque tuve la intención de hacerlo clandestinamente como en otros momentos de mi vida. Volví a llegar el viernes a las cinco de la tarde al mismo local de la vez anterior y me reuní con todos esos viejos amigos con quien tanto he compartido y disfrutado en mi vida. Les vuelvo a jurar que mi intención volvía a ser la de seguir probándome y para nada intentaba ir a hacer un levante y tirarme alguna amiga. Igual que el día de mi primera prueba intentaba estar en el bar solamente durante el *happy hour* y después regresaría a casa con la excusa de que estaba compartiendo con los compañeros de trabajo.

Como era costumbre el negocio estaba encendido. La cantidad de viejos e íntimos amigos que me encontraba era increíble y de momento caí en cuenta que yo era querido en el lugar. Me daba palos con ellos aunque con cierta moderación. Recordábamos tiempos pasados que disfrutamos todos y esta vez tampoco nadie intentó averiguar la razón de mi separación del lugar. Pero lo cierto es que el *happy hour* terminó y no regresé a casa... de hecho, ni me acordé que esa era mi intención. Estaba, sin darme cuenta de lo que hacía, tirando todo por la borda como en mis mejores tiempos. Entonces surgió la desgracia... nuevamente apareció la hembra de la vez anterior y que tanto me gustaba... solo que esta vez no la perdoné y acabé tirándomela.

~

La navegación seguía sin cambios y ya me acostumbraba al tedio y el aburrimiento. Habíamos caído en la rutina y sólo rompía esa monotonía alguna escuela de delfines que nos acompañaba un rato, o algún cardumen de peces que invitaban a la pesca, o esos peces voladores que aparecen como plaga ocasionalmente a joderle la pita a uno o meramente cualquier cambio en el cielo, o en el viento o en el clima en general. Por suerte los suecos eran tipos muy conversadores y además por su nivel cultural surgían tertulias muy interesantes que servían mucho para enseñarme de la vida.

En mi turno nocturno, cercano ya al amanecer, era inevitable transportarme al recuerdo de mi novia. Ocurría con frecuencia el que me cuestionara cómo fue posible nuestro encuentro y sobre todo nuestro amor. No podía dejar de pensar de igual manera cómo una muchacha tan bella y tan inteligente podía haber estado "esperando" por mi en un lugar como ese, donde de seguro había estado recibiendo insinuaciones y ofrecimientos en todo momento de todos esos visitantes ricos que se creen que el dinero les da el derecho a tener lo que quieran. Entonces eso hacía que me reafirmara en ese mantra que ya era parte de mi vida... Dios existe, y me ama...

VIII

Regresé esa noche a mi casa más asustado que el carajo. No era muy tarde, pero si lo suficiente para revelar el que había estado de jodedera, violando los acuerdos con el psiquiatra y más aún, mi compromiso con la doña. Estaba arrepentido y avergonzado, no había otras palabras para describir mi estado de ánimo y mi sentir. ¡Coño, pero lo disfruté!... y era precisamente eso, lo que me hacía sentir tan mal y derrotado... Era un mierda y no podía evitarlo.

Mi santa mujer me esperaba a llanto vivo, su esperanza en ver nuestras vidas encaminadas y felices otra vez habían terminado. Le juré y le perjuré, en una de esas escenas mentirosas que siempre había manejado tan bien, que mi salida se había circunscrito a darme unos cuantos tragos con viejas amistades y que bajo ningún concepto había estado con ninguna otra mujer. Le reiteré lo mucho que la amaba y que mi vida sin ella no ameritaba vivirla.

Yo sé que no me creyó; no la culpo, habían sido tantas mís mentiras que difícilmente ya no las conociera todas. Le rogué que entendiera y que viera esta nueva pifia mía como un experimento fallido que quise hacer, a ver cuánto había progresado en mi proceso curativo. Es más, le dije que mañana a primera hora me reuniría con el psiquiatra a discutir este episodio, con el compromiso de que acataría sin volver a arriesgarme todas sus recomendaciones... Más por sufrimiento, que por convencimiento, mi mujer no articuló una sola palabra. Se levantó, fue al baño y regresó a su cama.

Yo por el contrario no me acosté, haberlo hecho hubiese sido inútil porque de ninguna manera podría haber yo dormido. Lo que quedaba de la noche me dediqué a tratar de identificar mis problemas y a pensar en mi vida. Pero no quise engañarme... había hecho eso tantas veces, que una vez más no hacía diferencia. Nuevamente concluí, con dolor en mi alma, que no merecía a la esposa que tenía y que ella era por mucho, una mejor persona que yo. En este momento y después de mi aventura de anoche, caí en cuenta que todas esas terapias y todo ese tratamiento psiquiátrico al cual yo había estado sometido por tanto tiempo, de nada había servido.

Ya temprano en la mañana me había bañado y vestido y también había llamado de emergencia al psiquiatra para reunirme con él. Mi mujer seguía dormida y no quise despertarla, así que sigilosamente partí a mi cita....

~

Ya a mitad de camino no habíamos experimentado ningún cambio en absoluto en nuestro patrón de navegación. Todo seguía igual... el mismo oleaje, el mismo frío y la misma lluvia de agua helada producto del impacto de las olas en el lado estribor del casco del bote. Ciertamente, atrás habían quedado todos aquellos buenos momentos donde disfrutábamos el paseo. Sabíamos que nos faltaban otros cinco días para llegar a puerto; yo solo pensaba en cómo los soportaría.

Esta vez de verdad había decidido regresar a mi país tan pronto pisara Perú. No puedo negar que había disfrutado mucho la primera parte del viaje y de igual manera había aprendido mucho de navegación y de la vida en estos meses pasados. Pero sobre todo apreciaba mucho el haber conocido a estos dos suecos que han sido ejemplo de decencia y organización para mi. No podía negar que este viaje era una prueba providencial de que mi vida finalmente cambiaría para algo mucho mejor, pero sencillamente no aguantaba el seguir navegando

Envuelto en todo este análisis de mis experiencias pensé en mi novia y como en tan poco tiempo esa mujer me hizo ver lo que por tanto tiempo yo no veía. Amé mucho a mi ex esposa y aún así tiré nuestras vidas por la borda. Ella no se merecía todo lo que le hice pasar y ahora, mucho más maduro y de seguro una mejor persona, he pensado en mi fracaso matrimonial y cómo no hice nada por evitarlo.

No se si era la soledad, o el aburrimiento o el sufrimiento... o una combinación de todas, pero muy extrañamente, por primera vez en mi vida, comencé a cuestionar y analizar las razones de mi desenlace matrimonial. No tengo que abundar en las virtudes de mi ex esposa. De igual manera no es necesario profundizar en mis actitudes y prioridades. Lo que sí me cuestiono es mi falta de voluntad y deseo en haber aprovechado todas las oportunidades que tuve por salvar lo que tenía y por haber hecho sufrir a una mujer como era esa. Y mire cómo son las cosas de la vida, que ya algunos años después de haber terminado nuestra relación, el día que me enteré de que ella tenía una nueva pareja y estaba rehaciendo su vida, me entró un ataque de cuernos que por poco me hace cometer una locura.

Tengo la certeza de que no volvería a cometer el mismo error, sobre todo que mi novia es una mujer que me a hecho sentir sensaciones desconocidas y que me ha dado con su compañía una nueva perspectiva de vida. Quise dejar de pensar en mi pasado y de solo mirar hacia adelante...

Ya amanecía y nuevamente la naturaleza se manifestó en todo su esplendor... y es que aún en los momentos más difíciles de la vida, siempre hay un rayo de esperanza que no podemos desaprovechar. Así me sentía yo ahora... un mar inhóspito y desagradable hasta más no poder y sin embargo, un bello amanecer puede más que todo este martirio. Ahora solo me faltaba prepararme para regresar a mi islita desde Perú, porque esta vez sí que no me aguanta nadie.

~

Llegué a mi cita con el psiquiatra muy agitado y confundido. Para él fue una sorpresa el ver mi estado anímico y su semblante cambió una vez me saludó. Era obvio que yo no podía ocultar mi inconformidad con mi propia vida y mucho menos con lo que yo mismo pensaba de mí. ¡Me imagino cómo se sintió el hombre al intuir que conmigo había fracasado! Entonces no esperé ni un minuto cuando comencé como un demente y sin ninguna coherencia a contarle al doctor lo que me había pasado. Bajo ningún concepto le iba a mentir, ya que genuinamente quería ver si era posible salvar mi matrimonio y por consiguiente mi vida.

La frustración de mi psiquiatra era evidente... se sentía derrotado y fracasado porque para él, yo había sido uno de esos pacientes que progresa y que brinda esperanza de curación. Imagínense cómo me empecé entonces a sentir yo al ver que ahora no era sólo a mi mujer a quien había traicionado, sino que también a este hombre, que por su vocación y conocimientos se había esforzado en buscar mi bienestar. Afortunadamente el médico, acostumbrado posiblemente a estos vaivenes con sus pacientes, me reiteró que no se daría por vencido y que seguiría, como hasta ahora, dando lo mejor por lograr mi sanción. De más está decirles que mi compromiso ahora era mayor y que solemnemente me comprometía a no fallarle nuevamente.

Cuando organicé mis pensamientos y entramos más profundamente en materia, le conté sin omitir nada, lo ocurrido la noche anterior. Nuevamente me sentí un mierda, porque no puedo negarles, que mientras le narraba la historia, me excité y me babeaba encima. El doctor se dió cuenta de mi realidad y de seguro concluyó que mi caso era más difícil de lo que creíamos. Yo le aseguraba mi gran deseo de lograr cumplir con mi parte... pero él, al igual que mi mujer, tampoco me creía....

~

Parece que finalmente llegaríamos a Perú dando por terminado éste aburrido e incordio tramo que me ha hecho pasar por un frío y una mojadera que me ha obligado a tomar la decisión de regresar a casa. Si algo no me gusta a mí es estar sucio y mojado, y en este recorrido estuve las dos cosas. Interpreté las condiciones de navegación como una señal divina de que ya era el momento de regresar a mi islita y a dar por terminada esta aventura que tanto me ha servido en la organización de mi futura vida. La proyección de nuestro capitán era de llegar en día y medio a puerto y la experiencia me ha enseñado que el sueco no se equivoca. Mañana antes de llegar ya les comunicaré con dolor en mi alma el que me regreso a mi país. Sé que no les agradará, sobre todo por el aprecio que nos hemos cogido, pero de igual forma sé que lo entenderán después de ver lo que he pasado.

Esta vez mi deseo de llegada se manifestaba de distinta forma. No quiere decir que no estaba loco por llegar y repetir todo mi ritual, pero reconozco que mi impulso no era el mismo y que esa alegría que siempre sentía cuando el capitán anunciaba este último día de viaje simplemente no estaba presente. Así las cosas, quise disfrutar lo que sería mi última noche de navegación aún con lo incómoda e inhóspita que sabía iba a ser. Decidí pasar toda la noche en cubierta y compartir con estos compañeros y amigos con quienes existe la posibilidad de que nunca más vuelva a ver. Entonces ya casi al salir el sol decidí darles la noticia... Su reacción fue exactamente tal como yo la esperaba ,,, por un lado mucha tristeza por terminar la compañía que habíamos compartido durante toda esta trayectoria y por otra, una perfecta comprensión de mi decisión. Ambos se expresaron muy emotivamente de la oportunidad de haber disfrutado juntos este viaje y no puedo negarles que me hicieron soltar, por más que traté de evitarlo, unas cuantas lágrimas.

Nuestro ritual de llegada sería idéntico a lo acostumbrado y me ofrecieron todo el apoyo que sabía que iba a necesitar. El día después de llegar a puerto iríamos a conocer la ciudad y entonces aprovecharíamos para hacer los arreglos de los boletos para mi regreso. Ya nos acercábamos a tierra y comenzamos muy lejos a ver lo que aparentaba ser la costa. El capitán, luego de consultar sus instrumentos de navegación, nos informó que en cinco horas deberíamos estar en el muelle. La entrada a la marina era un poco traicionera lo que nos obligaba a ser muy cautelosos en nuestra navegación de llegada, razón por lo cual nos cogería un poco más de tiempo que lo usual el entrar a la misma. Pero ya no teníamos prisa y nuestra seguridad y la de la embarcación iba por sobre todo.

Pasado el tiempo de llegada proyectado por el sueco finalmente llegamos. Empecé, no sé por qué, a sentirme un poco mal según maniobrábamos mientras atracábamos. Tenía escalofríos y náuseas, me imagino que producto de mi tristeza y de cambios en los movimientos a los cuales estuvimos sometidos por diez días. Estaba seguro que una vez en tierra todo desaparecería y volvería a sentirme como siempre... nuevamente me equivoqué...

Ya totalmente amarrados en nuestro muelle comencé a vomitar sin control. Temblaba y creía que me moría. Por suerte era todavía muy temprano en la mañana y tendría tiempo de descansar y en el peor de los casos, de ir a visitar un médico, algo que yo esperaba que no ocurriera. Me tiré en cubierta a descansar mientras mis compañeros, muy conscientes de mi realidad se encargaban de recoger y preparar el bote.

La marina estaba bien; no era espectacular como la de Cancún, pero tampoco tan modesta como la de Panamá. Al menos se veía más actividad y movimiento, tanto de embarcaciones como de tripulantes, y la estructura física y las facilidades eran adecuadas.

Descansé como dos horas. Aún era temprano en la mañana y me fui a bañar y asear. Estaba seguro, como en realidad fue, de que un baño caliente y un suelo firme me estabilizarían, y que más tarde cuando comiera, recuperaría mi energía y compostura. Regresé y los muchachos estaban en cubierta esperándome. Me disculpé por no ayudarles a recoger y preparar el bote y le expresé que me sentía totalmente recuperado. El capitán me confirmó que nuestro ritual seguiría como siempre... después de descansar iríamos a cenar y posteriormente al bar como ya es nuestra costumbre.

Mañana saldríamos a conocer la ciudad, haríamos un recuento de lo que fue nuestra navegación en este tramo y posteriormente iríamos a comprar mis boletos de viaje. En la noche durante la cena se harían los planes de nuestra próxima etapa y aún cuando yo no los estaría acompañando, ellos querían que yo participara en la misma como había sido hasta entonces.

La cena estuvo muy bien y con todo y lo bién que estuvo nuestra comida en Panamá, les confieso que como ésta ninguna. ¡Coño, en mi vida había yo probado comida tan sabrosa! Con el tiempo averigüé que la gastronomía peruana es distinguida en el mundo entero. Más tarde fuimos al bar y de igual manera como ya era nuestra costumbre, bebimos hasta caernos...

~

La misma sinceridad que tuve yo con mi psiquiatra, la tuvo él conmigo. Luego de escuchar detenidamente mi narración y observar de igual manera mi reacción mientras la contaba, muy tranquilamente me indicó que yo era un caso perdido y que me engañaba a mí mismo haciéndome creer genuinamente el que tenía la mejor intención de salvar mi matrimonio y arreglar mi vida. Yo me quedé estupefacto con la sinceridad de su comentario y comencé a dudar de mi verdadera intención. Yo tendría que digerir con calma sus afirmaciones porque me pareció que el galeno ciertamente tenía razón. Le pedí tiempo para reflexionar y analizar su diagnóstico y a su vez le solicité volver a reunirnos la semana que venía para discutir nuevamente sus conclusiones.

Llegué mal a mi hogar. El médico fue brutalmente sincero y creo que acertado en su conclusión. Había sin embargo algo en mi que evitaba el que aceptara su diagnóstico y meramente reconociera el que yo había fracasado y no tenía remedio. No dormí esa noche y mucho menos pude enfrentar a mi esposa. Yo no dudaba el que la amara y mucho menos el plantearme establecer una relación permanente y duradera con otra mujer que no fuera ella. Mientras más lo pensaba, más me desvelaba y más me confundía. Entonces producto de toda esa desesperación se me ocurrió lo que creí que era una brillante idea... le pediría a la doña el que tuviéramos un hijo...

De más está decir que no esperé a mi cita de la próxima semana con el psiquiatra, sino que al otro día, a primera hora le llamé para reunirnos. Me pudo atender por la tarde lo que causó en mí una ansiedad y una angustia que me tuvo todo el día en el baño. Finalmente me reuní con el médico y le conté sin omitir detalles mi idea y mi justificación ante tal alternativa. El psiquiatra escuchaba detenidamente toda mi argumentación y hacía unos apuntes. Mientras más yo me expresaba, más se me ocurrían nuevos argumentos que justificaban mi aberrada idea. Cuando se acabaron todos los disparates que se me ocurrieron y ya no tenía nada más que decir, el médico me miró y con esa misma tranquilidad con la cual me había estado escuchando, meramente me indicó que yo era un loco desgraciado y que no merecía el que él perdiera un solo minuto más de su vida tratando inútilmente el ayudarme.

Yo me sentí ofendido y al no aguantar su falta de respeto hacia mí, abandoné de mala manera su consultorio. Esa misma noche le planteé a mi mujer mi idea y me propuse con todas mis fuerzas el hacer quedar mal al psiquiatra hijo de puta este que se creía que se las sabía todas... Y parece que así era...

~

Nos levantamos a media mañana y fuimos a desayunar. Más tarde nos consiguieron en la misma marina un transporte que no solamente nos iba a llevar a la ciudad sino que iba a estar con nosotros hasta que regresáramos en la tarde. En el camino el chofer nos habló algo de la ciudad y su historia. Nuevamente ocurrió que una vez llegamos a la ciudad yo quedé deslumbrado por lo que ví. Lima era una ciudad de grandes ligas con un desarrollo que yo jamás soñé... otra nueva sorpresa que me llevó a comprobar que es muy poco lo que sabemos de estos países latinoamericanos que no tienen nada que envidiarle a las grandes ciudades del mundo. Por instrucciones del chofer conocimos los lugares más importantes de la ciudad y anduvimos por sus calles y lugares de interés. Más tarde, cómo era nuestra costumbre, fuimos a comer algo y a recapitular las experiencias de nuestra última navegada. Los comentarios de los suecos confirmaron el que todo había sido como planificado y esperado, y que la navegación había sido perfecta. Yo expresé mi sorpresa al escuchar el cómo era posible disfrutar lo que habíamos pasado y sobre todo en el caso de ellos sabiendo lo que nos esperaba. Definitivamente me faltaba mucho todavía para que esto se convirtiera para mí en "un estilo de vida".

Terminamos nuestro almuerzo y análisis del viaje y entonces el chofer nos llevó a una agencia de viaje para comprar mis boletos. Yo había decidido estar con ellos hasta que partieran a Chile, su próxima escala, y así, como acto de agradecimiento, los ayudaría en las labores usuales de levantar fondos para seguir. Aún cuando todavía no lo habíamos confirmado, aparentemente había suficiente trabajo de reparación y mantenimiento en los botes de la marina lo que significaba que el dinero extra que se había ganado en Cancún y Panamá no habría que tocarlo.

Todo iba perfecto con mis arreglos de viaje y me trataron con mucha atención y cortesía hasta... que me dijeron ¡cuánto costaba el boleto! Se me fue el habla y por poco me da un infarto... dos mil trescientos dólares por una sola vía... yo no lo podía creer. Era evidente que yo no disponía de esa cantidad de dinero y mucho menos estaba en disposición de pagarlos. Sabiendo los suecos de mi gran interés por regresar a mi patria, tuvieron la decencia de ofrecerse a pagar ellos con el dinero del resto de su viaje, por mi boleto. Obviamente yo no acepté, no por que yo quisiera seguir con ellos, sino como algo por cuestión de principios. Decidimos regresar a la marina y después con más calma y sosiego yo decidiría que iba a hacer...

IX

Regresamos a la marina y dimos una vuelta para ver con más detenimiento las facilidades de la misma e inspeccionar los botes amarrados en los muelles con el propósito de auscultar nuestras posibilidades de trabajo. Antes de irnos a preparar para la cena y posterior reunión de planificación para nuestra próxima etapa de navegación, decidimos ir a conversar con el administrador del lugar para conocerlo y a su vez, el ver si nos refería a personas que estuvieran en necesidad de servicio y reparaciones para sus embarcaciones. Nuestra reunión fue muy provechosa y al salir lo hicimos con la seguridad de que falta de trabajo no tendríamos. Parece que ésta parada iba a ser muy positiva, aún cuando yo estaba todavía aturdido e indeciso con relación a mi vida y mi futuro inmediato. No sabía qué hacer y una de las posibilidades era que si había suficiente trabajo, como esperábamos, de ahí podía yo retener algunos fondos, previo acuerdo con los compañeros, para comprar mis boletos y largarme para el carajo. Creo que en este momento esa era la alternativa más viable y la que más yo deseaba, aún con el costo del boleto.

Llamé a mi novia... ella siempre me daba buenos consejos y era más sensata y ecuánime que yo. Le conté todo lo acontecido, incluyendo nuestro desgraciado viaje y posterior mal rato con la compra de mi boleto de regreso. Le reiteré que mi deseo era regresar a mi país y que la realidad era que yo no aguanté el viaje que habíamos hecho y mucho menos el que nos esperaba. Ella me aconsejó paciencia y que no tomará en este momento ninguna decisión con relación a mi regreso, porque con toda probabilidad la misma sería influenciada por el recuerdo tan reciente y fatal que había experimentado. Ella a su vez pensaría bien mi situación y después me expresaría su conclusión. Así quedamos y no les niego que tan solo el conversar con ella me calmó y me relajó... me sentía mejor ya.

Ya cayendo la tarde me fui a bañar en preparación de nuestra cena y reunión de planificación. En verdad me sentía en un vacío existencial y no tenía idea de lo que quería ni pensaba en ese momento. El baño caliente me hizo sentir totalmente renovado física y mentalmente y cuando busqué a los compañeros decidimos cenar en el mismo restaurante de la marina a ver si la exquisitez del día anterior se repetía... coño y así fue, la comida estaba deliciosa y muy variada. De momento caí en cuenta que ciertamente nos dábamos vida de ricos, al menos en lo que a la calidad y selección de la comida se refería.

Cenamos opíparamente y para nuestra sorpresa a un precio muy por debajo de lo que esperábamos, teniendo en cuenta los sabores de los manjares que degustamos y de el hecho de estar en una marina turística. La cena la acompañamos con unos muy buenos vinos chilenos, que por estas tierras, están a excelentes precios. Al terminar y mientras tomábamos los cordiales, el capitán presentó los planes de nuestra próxima etapa. El rumbo y las condiciones de navegación serían similares a las del que recién terminábamos y la distancia a recorrer un poco mayor. El tiempo estimado de navegación era de doce días y sugirió quedarnos aquí en Perú por solo una semana. Dió dos buenas razones para esa decisión; la primera, el que teníamos suficiente dinero guardado y no era mucho lo que nos iba a hacer falta para continuar nuestra travesía y segundo, el que él quería que en Chile, que era nuestra próxima parada, estuviéramos tres semana en preparación para el cruce de la Patagonia y el Cabo de Hornos y deseaba que fuéramos descansados y con el barco en óptimas condiciones. ¡Y aquí volvía a salir nuevamente el cabrón Cabo de Hornos, que sin yo saber que carajo era, ya me tenía más asustado que el diablo! Les planteé la posibilidad de sacar un dinero del que ganáramos para pagar mi boleto de regreso a Puerto Rico en caso de que esa fuera mi decisión final y sin chistar estuvieron de acuerdo, nuevamente reiterando su agradecimiento y solidaridad conmigo si eso era lo que yo deseaba. Dado el caso de que trabajaríamos sólo una semana, aprobamos hacerlo de ocho de la mañana a cinco de la tarde. Y así fue...

~

Mi esposa había aceptado el que tuviéramos un hijo. De verdad yo no sé por qué lo hizo, habiendo sido ya tantas veces víctima de mis engaños, y esto que ahora yo le pedía, tenía muchas posibilidades de ser otro más. No creo que fuera porque genuinamente lo deseara, sino más bien por la esperanza de que este era un último intento de ver si yo verdaderamente con el compromiso de un hijo, evaluaba mi postura y cumpliera con mis responsabilidades conyugales. Yo también pensaba igual... ¡que ingenuos éramos ambos!

Preñarla no fue trabajo; hasta en eso salí bueno yo. Una vez tuvimos la confirmación de su embarazo ambos asumimos nuestra responsabilidad de esa etapa... ella dejó de fumar y de darse su palito de vez en cuando y yo empecé a cumplir como era mi responsabilidad de futuro padre. No me sentía mal con lo que ocurría y me veía encaminado a finalmente tener un hogar estable y próspero como creía poder lograr. Como si eso fuera poco, no puedo negar que algo dentro de mí me motivaba a tener éxito en este afán, y era el hacer quedar mal al cabrón psiquiatra que me insultó y dudó de mi capacidad de recuperación.

Los nueve meses pasaron volando y en solo una ocasión me sentí tentado de ir a dar una vuelta de soltero como era mi costumbre. Aguanté sin embargo como un buen macho y preferí quedarme en mi casa acompañando a mi esposa y futuro hijo. Empecé a realmente sentirme capaz de convertirme en un buen padre y marido y creí que mis malos tiempos habían pasado. Así las cosas nuestro hijo nació. Todo fluyó como esperado y de una manera como todo padre desearía que fuera. No niego que estaba feliz y emocionado en este momento y que ese amor que siempre había sentido por mi mujer aún en nuestras peores situaciones, aumentaba con el nacimiento de nuestro bebé. ¡Nuestro hogar logró finalmente la estabilidad y rumbo que siempre debió haber tenido!

Los primeros días fueron una novedad... lo menos que me hubiera soñado yo en mi vida era tener y criar un hijo. Mi mujer tampoco era de las que tenía mucha vocación materna, pero nuestro amor y empeño podía más y el esfuerzo que hacíamos valía la pena. Nuevamente nos sentíamos felices y esperanzados.

~

Increíblemente comenzamos a trabajar el mismo próximo día después de llegar al muelle y tal parecía que tendríamos trabajo por meses. Eso hizo que fuéramos más selectivos en nuestros compromisos, seleccionando aquellos que nos representaran mejores ingresos por ser más especializados. Parece ser que esto de darle servicio y mantenimiento a los yates y botes en las marinas es tremendo negocio, abriendo las posibilidades de en un futuro considerarlo como una fuente de vida. En mi caso, yo no podría pasar de administrarlo, ya que en lo técnico todos saben que no sirvo para nada. Trabajábamos duro y nuestras arcas subían como la espuma aún con la buena vida sibarita que nos dábamos. Esto me aseguraba los fondos necesarios para mi boleto de regreso y me quitaba la presión de sentirme obligado a seguir con los suecos.

Me gustaba la marina y me gustaba su ambiente. Lamento el no tolerar lo que es la navegación en sí, porque si no fuera por ese pequeño detalle, ya yo sería de los que creen en lo del "estilo de vida" mentao. Llamé a mi novia todas las noches porque me sentía más solo y confundido que el carajo. Nuevamente me dejaba llevar por las experiencias que a diario vivía producto de lo que hacíamos, compartíamos y por la gente del mundo entero que conocíamos y que nos nutrían de sus conocimientos y sabiduría. Pero de igual manera no me sacaba de la cabeza la gravedad física que sentía mientras navegábamos. Y es que no es lo mismo conocer el mar por sus placenteras playas como es mi caso, que como lo conocen los vikingos estos; inhóspito y hostil hasta más no poder.

Ya con mi decisión firme e inequívoca de que me iba de vuelta a la isla y habiendo ya recibido el dinero para el boleto, llamé más contento que el carajo a mi novia para comunicarle la buena nueva. Pensé que ella iba a estar igual de contenta que yo con la noticia, pero fue todo lo contrario y su conversación fue como un balde de agua fría que caía sobre todo mi cuerpo; similar al de las olas mientras navegábamos. Aún cuando mi compañera expresó todo su apoyo a mi decisión, me expresó el que ella creía que mi problema no era la intolerancia física que yo alegaba tener por la navegación, sino mi falta de compromiso en lograr las metas que me imponía. Hacía falta tener mucho espíritu para obtener logros y ella pensaba que yo no lo tenía. Mi primera reacción fue de encojonamiento y me vino a la mente rápido el que no todo era con ella como yo creía y que además no era tan perfecta nada la mujer que yo llamaba mi novia. No fui rudo, pero ella definitivamente notó mi desagrado, aún así no mostró desencanto y finalmente me reiteró su total apoyo a lo que yo decidiera.

Esa noche yo decidí no cenar y así se lo comuniqué a los compañeros. Yo por el contrario preferí irme a caer de culo bebiendo y les dije que mañana hablaríamos... y así fue. Yo estaba tan molesto que quería estar solo sin que nadie me estuviera jodiendo, ni preguntándome por mi malestar. La suerte que estos suecos son gente muy discreta y muy educada y ni para el carajo se les ocurrió averiguar lo que me había pasado. ¡Igualito que nosotros los boricuas!

Me fui al bar como un demente, decidido a emborracharme sin ninguna restricción. Le comunique a los compañeros que no me esperaran, que estaría en la barra bebiendo y que contaran conmigo para mañana en la mañana. Eso fue lo que intenté. Pedí un *Martini* y me senté tranquilamente en un extremo del bar. No quería conversar, ni compartir con nadie... solo reflexionar en lo que me había dicho mi novia y que yo originalmente había descartado causándome un malestar que no esperaba. Analicé sus comentarios... "falta de compromiso en lograr las metas que me imponía" y "falta de espíritu para obtener logros".

Me costó tres *Martinis* más librarme del encojonamiento que tenía. Fue entonces que un poco más despejado y con mi mente más clara, pude empezar a pensar y reflexionar sobre las palabras de mi novia. Sin quererlo caí en una retrospectiva de lo que había sido mi vida, sobre todo en mi fracaso matrimonial. Luego de otros dos *Martinis* y ya dándome cuenta de que estaba bastante entonadito, concluí que mi novia tenía razón y que la inercia y falta de compromiso en resolver mi vida, era el génesis de mis problemas. Pagué mi cuenta y corrí a llamar a mi compañera para compartir con ella mis conclusiones. Nuestra conversación duró casi una hora y creo que la mayor parte de la misma fue de terapia y consejería. ¡Qué afortunado soy! pensé en ese momento... tener una mujer que amo tanto y que a su vez es mi guía e inspiración.

Ya al final de nuestra conversación y después de desahogarme hasta quedar en cero, tuve que hacerle la importante pregunta que todavía no me había contestado... ¿que me aconsejaba con relación a mi retiro del viaje? Sospechaba de su contestación, pero tenía la esperanza de que ratificara mi deseo de regresar a mi patria. Me equivoqué y por el contrario, me instó a seguir mi viaje como una manera de probar mi nuevo compromiso conmigo mismo.

~

La novedad de nuestro hijo fue pasando y en ocasiones pensaba si esa había sido otra de mis metidas de pata. Pero había una realidad... era nuestro hijo, lo amábamos y contribuía a la unión y aparente felicidad de nuestro matrimonio y nuestro hogar. Funcionábamos mejor y mis ansias y deseos de saciar mi lujuria aparentaban estar controladas, aunque yo sabía que no curadas... Y un buen día, sin yo pensarlo ni proponérmelo, me vi jodiendo una tarde en uno de esos bares que tanto me gustaban y que tantos recuerdos me traían. Ni lo pensé, ni lo planifiqué... meramente de momento me encontré allí en la jodedera de siempre. ¡Qué bien me sentía y como gozaba! Se me olvidó mi mujer y se me olvidó mi hijo... lo que quería era vacilar y tirarme alguna de las muchachitas que ya mismo me llevaría. Y así mismo fue, y lo próximo que recuerdo es estar amaneciendo en un lugar y en una cama que no era la mía.

Esta vez sí que no habría perdón, ni excusas. Simplemente lo eché todo a perder... Me desesperé y perdí el control. Maldije una y mil veces lo que había hecho y aunque no me lo crean, les juro que no sé por qué lo hice. No recuerdo nada de lo que pasó y aparentaba tener el diablo metido por dentro... solo que esta vez, la primera en mi vida, estaba totalmente arrepentido y avergonzado de lo que había hecho. Estoy convencido de que por yo ser tan malo Dios siempre me acompaña por aquello de que no le haga más daño a la gente del que les hago... y esta vez ciertamente me dió la mano. Se me ocurrió salir disparado para el Capestrano e internarme, alegándole después a mi mujer que me había sentido al borde de una crisis nerviosa y que para evitar caer en la tentación y por el propósito tan firme que tenía de seguirle siendo fiel y cumplirle, tomé esa desesperada decisión. ¡Coño yo soy un genio!, porque no solo todo me salió bien, sino que logré la compasión y apoyo de mi mujer. Cuando me dieron de alta llegué a mi casa, y sin dejarla tan siquiera pestañear, la volví a preñar ese mismo día.

~

Me levanté antes que los compañeros, quienes se sorprendieron al verme ya listo cuando despertaron ellos. Yo estaba contento y feliz y los insté con mucho entusiasmo a ir a desayunar. Era evidente que yo estaba eufórico, pero nuevamente estos jodios suecos son de hielo y se dieron por desentendidos. Yo dejaba pasar el tiempo pensando cómo boricua y seguro de que en algún momento algo me preguntarían ellos sobre lo que me pasaba. Me equivoqué, para los vikingos todo era como si nada pasara. Fui yo el que no pudo aguantar más y bastante encojonaíto les pregunté si a ellos no les interesaba saber qué carajo me ocurría. El arquitecto meramente me dijo que si yo quería compartir algo personal con ellos, con mucho gusto y atención ellos me escucharían. No lo podía creer, coño si fuera yo, no hubiese dormido anoche esperando que amaneciera para averiguar qué carajo había pasado. Pero nuevamente... es mucho lo que tenemos que aprender de esas culturas más avanzadas. Les comuniqué que seguiría en el viaje y para cubrirme algo les aclaré que solo hasta Chile. Para ser honesto les aseguro que ellos genuinamente se alegraron y entonces esta vez sí mostraron alguna emoción y júbilo. Ese día trabajamos más que nunca y ya con los bolsillos llenos y con todas nuestras necesidades cubiertas yo creo que hasta terminar el viaje, decidimos no trabajar más y hacer mañana en la noche nuestra ya tradicional cena de despedida.

Nuestra cena fue nuevamente un acontecimiento. La costumbre sibarita que habíamos desarrollado hacía que si solo fuera por eso, el viaje valiera la pena. Comenzamos con champaña como ya habíamos establecido y después los mejores vinos disponibles. Esta vez habíamos solicitado al *chef* una cena de cinco platos que fuera lo mejor que pudiera ofrecernos. Coño y así fue... ese hombre preparó la mejor comida que yo recuerdo haber probado en mi vida. Más tarde fuimos a descansar y a digerir toda la comida y bebida que nos habíamos metido.

Nos levantamos tarde y descansados. Pusimos todo en orden para partir y nuevamente, como ya era nuestra costumbre, a las seis de la tarde soltamos amarras y salimos hacia Chile. El Señor nos acompañe...

~

Nuevamente el tiempo pasó volando y esos nueve meses no me dieron tiempo ni para pensar lo que pasaba, ni para prepararnos con lo que venía. Había tenido la necesidad de estar más activo en las cuestiones de la casa, porque aunque mi mujer hacía buenas barrigas, la realidad es que necesitaba de mi ayuda con el nene y el hogar. A mi no me estaba malo y además era una forma de mantenerme ocupado y alejado de las tentaciones tan comunes en mí. Finalmente el momento llegó y mi mujer se puso de parto, solo que esta vez hubo complicaciones y la cosa no fluyó como con el nene. A la doña hubo que hacerle una cesárea de emergencia y complicada y la nena nació un poco delicada de salud. Estuvieron una semana ambas internadas y la niña por un tiempo iba a tener necesidad de unos cuidos y tratamientos, producto de su condición. Por fortuna la condición de la nena no era permanente ni peligrosa y con su tratamiento y el tiempo, desaparecería en su totalidad.

Ya de regreso en la casa asumí un papel muy importante en la operación del mismo. La doña estaba bien aunque un poco frágil, además tenía que darle mucha atención a la niña y dedicarle mucho tiempo. Yo pensé que este era un mensaje de que mi sitio era en mi hogar y que todo mi tiempo se lo debía dedicar a mi familia. Con eso en mente creí que me había finalmente rehabilitado y que de ahora en adelante solo viviría para mi familia y mi hogar...

X

Nuestra navegación era similar a la del recorrido anterior. Tal como había indicado nuestro capitán, nuevamente teníamos una ola continua azotándonos a estribor, y el baño constante de agua helada nos tenía como pollitos y con un frío que nos llegaba a los huesos. Por suerte era noche de luna llena, y aunque no era un consuelo la belleza de la misma, al menos nos daba una buena visibilidad de lo que ocurría mientras nos habituábamos a las nuevas condiciones climáticas. Navegábamos con muy buena velocidad. Los vientos eran de alrededor de quince nudos y siendo un recorrido de través, nos desplazábamos al menos a ocho nudos. El tamaño y la fuerza de las olas no había variado y se repetía como antes, haciendo que el movimiento de nuestra embarcación y la mojadera que tanto me jodía la vida, fuera continua. Esta vez no fui presa de las náuseas. Si los quisiera engañar les diría que era porque la terapia de mi novia había tenido efecto en mí y que estaba hecho un buen machito. Pero esa no es la verdad y más bien creo que es meramente el que me voy acostumbrando a los movimientos y condiciones de nuestro viaje. Para nada disfruto lo que estamos pasando, aun cuando lo tolero mejor y de vez en cuando tengo momentos que me causan un gran placer. Lo que más me contrariaba la vida en este momento era saber ¡que nos faltaban doce días para llegar a Chile!

Por fortuna, en toda esta navegación del Pacífico, aún con lo incómoda y desagradable que era, había notado que no nos habíamos topado con ninguna tormenta, ni tan siquiera con un buen vendaval. Me imagino que por la época del año eso era lo usual, pero al menos algo es algo y no quisiera ni imaginarme la experiencia de un huracán, con un agua tan fría como esta y unas olas que en estado normal son gigantescas. Parece que nos espera el mismo aburrimiento de antes y el mismo incordio mar que ya conocimos rumbo a Perú.

Habíamos mantenido siempre nuestro itinerario de guardias nocturnas sin ninguna variación. Esto hacía que mi turno final fuera al amanecer, dándome siempre la oportunidad de ver la salida del sol todas las mañanas, algo que me inspiraba y me animaba a seguir. Todavía tenía la capacidad de al menos reconocer la grandeza de Dios, aún cuando en muchas ocasiones, cuando las cosas se ponían malas de verdad, flaqueaba un poco en mi fe.

Salvo los placeres de nuestro tramo entre Yucatán y Panamá, donde disfrutamos de paisajes y playas que se asemejaban al paraíso, la navegación que hacemos es a mar abierto. Esto me hace pensar en ¿qué carajo es lo que disfrutan estos creyentes del "estilo de vida" si lo único que se ve es mar azul hasta que se encuentra con el horizonte?... En nuestro caso al menos hemos podido desarrollar conversaciones interesantes y educativas que ayudan un poco a bregar con el aburrimiento ¿pero y si no?... Concluyo a manera de reflexión, el que hay que ser un ser muy especial para pertenecer a ese selecto grupo de personas que tienen la sensibilidad y el carácter de disfrutar la naturaleza de esa manera.

～

Se puede decir que nuestro hogar era y funcionaba como cualquiera otro. Los niños iban creciendo y ya pronto el varón comenzaría en la escuela. La nena ya estaba bien de su problema de salud y yo en mi trabajo cumplía según se me requería. La doña no trabajaba, la realidad es que se había dedicado lo mejor que podía a la crianza y cuido de los niños sabiendo que esa no era su vocación. La manera como atendió a la nena durante su delicada condición médica fue admirable. Esa entrega me reafirmaba que nuestra decisión de tener familia fue acertada.

Yo estaba contento con mi papel de padre, esposo y jefe de mi hogar. No estábamos boyantes, pero yo tenía un buen salario y beneficios que hacían que nuestras necesidades estuvieran cubiertas. De hecho, habíamos comenzado a buscar una casita para comprarla y que nos brindara más beneficios, sobre todo de espacio, para criar nuestros muchachos. Además deseábamos que fuera en una urbanización con escuela y facilidades recreativas para así integrarnos a los distintos organismos deportivos y comunitarios del barrio.

Con la ayuda de Dios se nos dió una buena oportunidad de comprar una modesta casita en una de esas urbanizaciones nuevas que ofrecen tantas oportunidades al que las quiere comprar. Nos enamoramos de la misma y no tuvimos ninguna dificultad económica en comprarla. Mi mujer, arquitecto al fin, rápido empezó a inventar y antes de darnos cuenta teníamos una casa que era una belleza y nos brindaba todo lo que habíamos soñado. Tuvimos la suerte de contar también con excelentes vecinos y de integrarnos a nuestra comunidad donde los niños de la edad de los nuestros abundaban. Me había rehabilitado y estaba contento y entusiasmado. Todo había sido un largo y doloroso proceso, pero la recompensa, mejor no podía ser. Era feliz y había vencido...

~

Era muy poco lo que me distraía en éste aburrido recorrido. En ocasiones intentábamos pescar y eso nos animaba en algo. Con frecuencia ensartábamos algún atún y ese día cenábamos como nos habíamos acostumbrado cuando estábamos en tierra. La mayor parte del tiempo filosofábamos y en nuestro caso, el bagaje cultural de los suecos era tan vasto, que siempre eran interesantes e instructivas nuestras tertulias. Mi proceso de sanación espiritual y mental en gran medida tiene relación con esas conversaciones, porque me ampliaron mi espectro emocional y me enseñaron a observar en mi lo que verdaderamente soy.

Casi siempre estaba pensando en mi novia. No podía evitar el que mis pensamientos divagaran y fantasearan en cómo sería nuestra vida juntos. Parecía un idiota con mi vista fija en el horizonte sin escuchar ni sentir nada de lo que ocurría a mi alrededor... se me iba la vida y no me daba cuenta. Y así la cosas se me ocurrió que tenía que inventar algo para pasar el tiempo mientras navegaba, porque de lo contrario, se me fundiría el cerebro de tanto pensar e iba a terminar en loco... y lo que decidí fue documentar mis experiencias durante esta aventura y llevarlas a un cuaderno que guardara esta historia de mi vida.

Usando a los suecos, empecé a recordar lo más detallado posible, todas las experiencias que hasta ahora tenía del viaje. Obviamente serían muchas las que no podríamos recordar, pero el intento se hacía. Sorpresivamente fue mucho lo que recuperamos y desde este punto en adelante obviamente se nos haría más fácil hacer el recuento de la experiencia.

Esa noche sentimos nuestra primera variación en las condiciones náuticas... un cambio en la dirección del viento. Ignorante yo al fin, pensaba que una vez uno estaba navegando, el viento se mantenía estable y que salvo una tormenta, como mismo salíamos, así mismo llegábamos. Por fortuna el cambio era solo en su dirección y no en intensidad... ahora no navegábamos dé través, sino con el viento en popa. Cuando las cosas te van bien en la vida, el refranero popular se refiere a eso como que todo te va "viento en popa". Supuse entonces que navegar de esa manera era la gloria... y me equivoqué. Si bien es cierto que el bote se desplazaba a una buena velocidad (aunque más lento que de través), no es menos cierto que no es muy fácil controlar el desplazamiento de la nave, y el vaivén con el cual se navega es bastante molesto. De hecho, una vez esto ocurrió, las náuseas que ya yo había olvidado, regresaron sin avisar. Aún así, navegar viento en popa es una manera segura y sin riesgos, razón por la cual existe el dicho. Mi deterioro físico fue evidente e instantáneo, y entonces el capitán decidió ir alternando el rumbo del recorrido con cambios de amuramiento para evitar esta condición. Aún cuando era más la distancia que recorríamos, la comodidad y estabilidad del barco hacía el que esta fuera la mejor manera de seguir. En esa jodienda estuvimos hasta el amanecer y con todo y la táctica de nuestro capitán, yo me sentía morir. Coincidió con mi cambio de turno, que cuando me tocó nuevamente ser patrón del bote, el viento se volvió a estabilizar con la dirección de viento con la cual habíamos salido y que a mi me agradaba. Entonces pude volver a disfrutar un poco mi navegación y mi amanecer, mientras los otros dormían.

～

Con el tiempo me convertí en un líder activo, tanto en la urbanización como en el colegio de los niños. Mi mujer seguía en el hogar ocupándose del mismo y criando a los muchachos. Ayudar a los niños en sus tareas y requerimientos escolares era algo a lo que ella le dedicaba mucho tiempo y esfuerzo, y yo por el contrario, estaba en mi jornada laboral y cuando era requerido, en las reuniones del colegio y del barrio. ¡Una clásica y exitosa familia de la clase media trabajadora en mi país!

Mi mujer y yo tomamos por costumbre el celebrar los viernes sociales en nuestro hogar. Lo usual era que estábamos solo nosotros dos y ese día escuchábamos música, nos dábamos tragos y la mayor parte de las veces hacíamos ya entrada la noche un *bar-b-que*. Lo establecido era dejar temprano a los niños en casa de mis suegros para no tener distracción ni ataduras que evitaran el disfrute sagrado de ese día. De más está decir que como parte del ritual siempre acabábamos haciéndonos el amor donde lo decidiéramos en ese momento, confirmando así que quedaba mucho amor en nosotros y que me había curado de todos mis males... o eso creía yo...

Con el tiempo, en ocasiones podíamos invitar a alguno de nuestro antiguos amigos o compañeros de trabajo los viernes, aunque ya a cierta hora prudente cada cual arrancaba para su hogar y nosotros terminábamos la noche como era nuestra costumbre. ¡Disfrutábamos nuestra vida, nuestro matrimonio, nuestro hogar y todo lo que hacíamos!

Yo pensaba que habíamos llegado a Nirvana, porque la realidad es que teníamos todo lo que puede desear el que cree que llegó a la etapa más óptima de la vida. Además reconozco que mi mujer me gusta y la deseo más que el carajo, y que haciendo el amor, nadie le pone un pie delante, porque la doña ¡es una dagadicta! Y eso es lo que yo no entiendo y me confunde. ¿Cómo es posible que yo con esta hembra que es perfecta y me gusta tanto, siga pensando en buscar cueros en la calle que no le llegan ni a los tobillos a mi mujer? Definitivamente tengo un problema... y es como dicen en la calle, ¡"la grama del vecino siempre es más verde"!... coño y tienen razón.

Ya llevaba algunos años de éxito y felicidad en mi vida pero aún había algo en mi que no me dejaba vivir tranquilo. Les juro que era algo que podía más que mi propio ser. Coño yo lo tenía todo y no me conformaba, al extremo de arriesgarme a perder todo lo que con tanto esfuerzo había logrado. Vivía atormentado... ¡y un día no pude más!...

~

Los aburridos días seguían pasando y salvo nuestras interesantes e instructivas conversaciones, era muy poco lo que aportaba al historial de este viaje la navegación que hacíamos. Ya llevábamos alrededor de nueve días de recorrido y yo solo pensaba en llegar, terminar el viaje, regresar a mi casa y rehacer mi vida. Pensaba casi permanentemente en esto del jodío "estilo de vida" de los pendejos estos y cada día lo entendía menos. Lo que sí era cierto, es que me había resignado ya a completar el viaje y lo que ahora me parecía ridículo... volver a amenazar con mi partida... en esta etapa del viaje ya yo no lo repetiría. Tendría que hacerme el machito y sacar de donde no tenía, para terminar con lo que faltaba; sobre todo con lo del cabrón Cabo de Hornos... pero ya eso lo había hecho antes y yo iba a mi.

Sin ningún cambio significativo, el tiempo pasó y antes de darnos cuenta nos acercábamos a ese inmenso país que es Chile. Me interesaba mucho llegar, no solo por terminar el jodio viaje, sino, que como íbamos a estar tres semanas en el país, yo tenía un gran entusiasmo en conocer la nación. Sabía que la república era uno de los países más desarrollados y adelantados de la América Latina y que después de la dictadura se había convertido en una nación próspera y ejemplo de cultura, educación y progreso... Finalmente llegó la buena noticia; nuestro capitán anunció que en un día llegaríamos a puerto y que no habría ningún cambio en nuestras condiciones marítimas, ni de navegación. ¡El mismo aburrido patrón de viaje que en los últimos doce días!

Al amanecer, estando yo todavía al timón del barco, se empezó a notar la costa. El capitán estimó en cuatro horas nuestro arribo a tierra firme y trazó un rumbo directo a la marina. Esperábamos buenas y confortables facilidades de acuerdo a la información que de ante manos ya tenían los suecos, y eventualmente así fue. Todos los rituales y condiciones de nuestra llegada sería iguales, y así las cosas llegamos a Chile... y todo fue tal como lo esperábamos sin ninguna variación.

La marina era de primera y todo el protocolo de registro y migración fluyeron sin mayor consecuencia. Me fui a bañar y llamé posteriormente a mi novia. Mi entusiasmo no era el mismo, pero para nada tenía que ver con ella, sino que realmente estaba muerto de cansado y drenado emocionalmente después de esa larga y aburrida travesía. Busqué a los suecos y nos fuimos a comer y posteriormente a beber para ver si botaba "el golpe" y me relajaba. Creía que esto me vendría bien y que un poco más tarde me sentiría mejor y con el ánimo que ahora no tenía... y eso fue lo que ocurrió. Después de tomarnos prácticamente toda la bebida del bar, nos sentíamos otra vez como había sido nuestra costumbre. En medio de nuestra bebelata, el capitán notificó que no haríamos trabajos en la marina, ya que teníamos dinero suficiente para terminar el viaje. Por el contrario descansaríamos para nuestra próxima etapa y la pasaríamos bien.

Al otro día nos levantamos a media mañana y desayunamos. El capitán decidió variar un poco esta vez nuestro protocolo establecido en el sentido que durante el mismo desayuno pasamos inventario de nuestra experiencia del último recorrido y condiciones de navegación. Este tramo fue tan aburrido y previsible que prácticamente no hubo nada que decir. Entonces se decidió que hoy nos quedaríamos en la marina, sobre todo descansando y en la cena de la noche se discutiría nuestro futuro inmediato de navegación.

~

Me arriesgué después de tanto tiempo a salir a joder, y cuando pensaba que había encontrado mi felicidad plena, cometí otro de mis grandes errores en la vida... Un día me tiré nuevamente a la calle a vacilar pero esta vez lo hacía con deseo y sin tratar de ocultarme. El diablo se me metió por dentro otra vez y me fui a beber como en mis buenos tiempos. Y me pasó algo muy curioso, en el sentido de que ese fue unos de esos días donde no hubo mujer que no se me brindara. ¡Coño, que tendré!, pensaba yo con razón. Y así las cosas me levanté a una canto de hembra a quien no conocía anteriormente y con quien obviamente nunca había estado. La mujer estaba divina y me invitó a irnos a un apartamento de playa que tenía en Palmas del Mar a pasarnos el fín de semana... ¡Coño y lo peor es que yo me fui sin pensarlo! Parece que me había vuelto loco y en realidad así fue.

Estuve fuera de la casa desde el viernes en la mañana que salí a trabajar, hasta el lunes en la mañana, que fui a bañarme para regresar al trabajo. No estaba arrepentido, ni me importaba un carajo mi mujer y mis hijos. De hecho, durante todo el fin de semana no tuve ni la decencia de llamar al hogar para informar que estaba bien con alguna de esas ya famosas mentiras que he usado por toda mi vida y que tan bien ella conoce. La pasé de maravillas... la joven más buena no podía estar, tenía tremendo apartamento en Palmas, era doctora en medicina, tenía dinero para botar, era soltera y como si fuera poco... le gustaba la leña y era puta como ella sola... Sabía que esta vez había conectado un jonrón con las bases llenas y que no tendría salvación. Y así pasó... cuando llegué a mi casa en la mañana, ni mi mujer, ni mis hijos, se encontraban en el hogar. Toda mi ropa la había sacado a la sala y junto a esta, una escueta nota donde la doña me informaba que tenía hasta ese dia en la tarde para abandonar la residencia. Además me comunicaba que jamás intentara juntarme con ella, ni con los niños, y que muy pronto su abogado se reuniría conmigo con la demanda de divorcio.

Esta vez sí sabía que todo había terminado y que nada podía hacer por arreglar la situación. Yo no la culpaba, ni le reprochaba su proceder. Pero lo que si me contrariaba y me sorprendía era el hecho de que me sentía bien y que toda la tabla que dí en Palmas con esta nueva fulana, ameritaba esta tragedia que recién comenzaba.

Me dolía aceptarlo y me encojonaba reconocerlo... pero el psiquiatra tuvo razón...

XI

Tal como había sentenciado mi mujer, a los pocos días de botarme de su vida, llegó un emplazador a mi oficina con senda demanda de divorcio. En el trabajo nadie sabía lo que me pasaba y no les niego que pasé tremendo bochorno y vergüenza ante tan inesperada visita. Me dí la encojoná del siglo, porque nunca pensé que mi mujer llegara a eso. Hoy en retrospectiva, miro hacia atrás y pienso que demasiado de decente fue mi doña después de todo lo que le hice a ella y a los nenes. El Calvario recién comenzaba y no me imaginé en ese momento lo que me esperaba. En el ínterin, me seguía enchulando de la doctora y según pasaban los días, más perdía los pocos valores y moral que me quedaban. Esta vez, primera en mi vida, no era yo el que estaba en control de la situación y el que tenía el sartén cogido por el mango, sino que era víctima de manipulación, como yo siempre había hecho, y como si fuera un títere de mi hembra. ¡Coño pero que buena estaba la condená y como le gustaba el estar mirando para el horizonte!

Me desentendí un poco de mi realidad. Tuve que contratar a un abogado para que bregara con la situación y yo estaba tan enajenado de lo que ocurría que no caía en cuenta de que me estaba divorciando. Con mi "novia" cada día me sentía mejor y nos dábamos vida de ricachones en Palmas del Mar y en sus restaurantes y bares. Estaba como en mis "buenos" tiempos y nada me hacía entrar en razón. No sabía, ni me importaban, mi mujer, mis hijos, mis amistades, mi trabajo... absolutamente nada... solo dar leña y sin saberlo, irme cavando mi propia tumba.

Mi mujer tuvo que volver a trabajar, dejando a los nenes en la escuela hasta que ella saliera de su trabajo... ¡que se joda pensaba yo! y me sentía bien pensando así. A mi me importaba un carajo la vida de ellos, y para acabar de ser un desgraciado, ni un centavo le enviaba. Ella de igual manera nunca se quejó, ni me pidió, ni me exigió nada. Cuando uno se vuelve un loco, como me pasó a mi, y pierde la vergüenza y los escrúpulos, como también me pasó, es muy poco lo que le importan los demás y en mi caso , lo que era hasta entonces mi familia.

Lo que me ocurría es muy común y pasa todos los días, pero no por eso deja de ser una desgracia de la cual nos damos cuenta usualmente muy tarde. Y esa era mi realidad; la fantasía que vivía en ese momento me nublaba la mente y el entendimiento y hasta disfrutaba viendo la desgracia de los demás... en este caso la gente que más yo quería y debería importarme...

No tenía idea de lo que hacía mi abogado, ni de lo que estaba ocurriendo desde el punto de vista legal. Para mi eso no tenía importancia y lo dejaba correr sin darme cuenta del daño que le hacía a los otros. Me imaginaba que esto del divorcio era algo convencional donde todo lo que iba a ocurrir ya estaba establecido. Con ese pensamiento en mente, solo esperaba la noticia de mi asesor, notificándome que ya estaba divorciado. Para alguien que siempre creyó sabérselas todas, nuevamente mirando hacia atrás, caigo en cuenta de lo ingenuo y pendejo que yo era.

~

Fuimos al bar antes de cenar como era ya nuestra costumbre y nos dimos un par de cervezas. Más tarde comeríamos en la misma marina y caeríamos de lleno en la discusión de nuestra gran prueba de fuego... la Patagonia y el mentao Cabo de Hornos. El restaurante estaba excelente. No era de extremo lujo, pero estaba muy bien puesto y atendido. La carta era extensa y mayormente incluía platos de pescado y mariscos, en lo que aparentaba ser la tendencia gastronómica, al menos en esta región de Chile. Comenzamos con un buen Chardonnay chileno que no solo estaba delicioso, sino que a muy buen precio. Seguimos con entradas y plato fuerte, todos de mariscos, y a sugerencia del mesero. Y así las cosas pasamos un extraordinario rato, y comimos y bebimos como ya estábamos acostumbrados.

Ya una vez terminamos nuestra cena, y como para no interrumpirla mientras degustábamos los exquisitos platos y vinos que nos sirvieron, comenzamos a planificar nuestra próxima travesía con el programa y detalles que traía nuestro capitán. Su sobriedad y expresión corporal hacían notar que entraríamos en materia seria y sensible. Esta vez, finalmente habíamos llegado al verdadero reto de nuestro viaje y nuestra aventura. El sueco empezó su presentación reiterando el que estaríamos descansando y distrayéndonos por tres semanas, sin preocupaciones de índole económico. El presupuesto que él había hecho, y que tan bien se había manejado, cubría inclusive nuestros gastos hasta el final de la jornada de regreso a San Juan. Esto era una buena noticia y un peso grande que nos quitábamos de encima, al no tener la necesidad imperiosa de buscar fondos para cubrir nuestros gastos y poder seguir.

Solo como cuestión de hecho, nuestro capitán quiso ser claro sobre lo que podíamos encontrar en esta próxima travesía. Me imagino que más por mí que por el otro compañero, comenzó con un recuento instructivo de lo que era la Patagonia y lo que significaba ser parte de ese exclusivo y reducido grupo de personas que en su vida podrían decir que cruzaron navegando el Cabo de Hornos. Y tanto fue así, que comparó a ese grupo de navegantes tan selecto y afortunado al cual pensábamos unirnos, con los que pertenecen a logias y cofradías secretas en la historia de la humanidad. ¡Ahora sí que yo me estaba empezando a asustar!

---- *Nuestro viaje será el infierno* ---- ... así de claro habló. No había duda de lo que enfrentaríamos y de lo que sería nuestro gran reto. ---- *Estaremos por dos semanas en una verdadera batalla contra la naturaleza y las inhóspitas condiciones de navegación que encontraremos. El viaje no será placentero... pero la recompensa ameritará el esfuerzo y el sufrimiento. Nos toparemos con un mar embravecido que aparenta no desear visitas de extraños. Nuestra embarcación está capacitada para esta aventura, y de nosotros yo no dudo que también. Cumpliremos fielmente con el protocolo histórico de los que osan vencerle y al hacerlo, durante nuestro bautizo por la hazaña, gritaremos a todo pulmón que lo hemos vencido.*

Obviamente, yo no tenía la más mínima idea de lo que hablaba este pendejo. Lo que sí les aseguro es que me empezaron unos retortijones que me hicieron salir volando al servicio sanitario. ¡Y ahora si que no me puedo echar para atrás... a quien carajo van a conseguir estos malditos suecos que me sustituya en el viaje en estos momentos y con esa oferta!

La reunión de planificación continuó aunque no fue mucha la atención que yo le puse. El daño ya estaba hecho y no había marcha atrás. ¡A lo hecho pecho... me jodí! El capitán seguía con toda su parafernalia marina y mencionaba de las corrientes, los vientos, el frío, en fin, todas esas cosas que desde ahora ya yo sabía que harían que me le cagara en la madre a los dos cabrones estos desde que todo nuestro nuevo recorrido comenzara. Mi único deseo en ese momento era irme a jartar de alcohol para olvidar toda esta pesadilla, hasta que llegara el día de la verdad. Como consuelo, decía el muy cabrón que éramos afortunados porque coincidíamos con la mejor época del año para nuestro cruce.

El sueco finalizó su reunión anunciando unas vacaciones por las tres semanas que estuviéramos aquí y que dedicaríamos a conocer como turistas a la República de Chile, como si fuéramos jóvenes adinerados en busca de conocimientos y aventura. La reunión finalmente terminó y pensé en llamar a mi novia para desahogarme un poco y expresarle cómo me sentía con relación al reto que me esperaba. Ya era tarde y estaba cansado, entonces decidí dejarlo para mañana y caerme a palos hasta más no poder.

~

Mi abogado me requirió una reunión urgente para informarme del proceso de mi divorcio y a su vez dejarme saber bien claro lo que estaba pasando con el caso. Yo no le dí mucha importancia, aunque obviamente concertamos la cita. Me dió la impresión de que el letrado aparentaba estar algo preocupado y fue enérgico en querer hacer la reunión lo más pronto posible. Llegué a su oficina según citado y me sorprendió la sobriedad del abogado. Aparte de ser mi representante legal en este proceso, el hombre es mi amigo, razón por la cual me sorprendió algo su actitud y seriedad. Reconozco que me preocupé un poco, aunque estaba seguro de que no había nada crítico ni adverso en lo que discutiríamos. Me hizo sentar y con cara de pocos amigos, como aparentemente tienen todos los abogados, sencilla y llanamente dictó sentencia... ---- *Te jodiste* ---- y entonces el muy cabrón sonrió con una de esas sonrisas que me imagino que es parte de lo que le enseñan en la universidad, como requisito de graduación, a todos los que estudian esa carrera... Me revolví en mi butaca, me aclaré la garganta, me cagué encima y entonces le pregunté el ¿por qué?

---- *Recibí el documento de lo que quiere tu mujer para transar "a las buenas" su demanda de divorcio. Básicamente lo único que te quiere dejar es tu ropa. Pretende quedarse con la casa, su vehículo, los pocos ahorros que tienen en el banco y como si fuera poco, tiene la intención de que le pases a tus hijos una cantidad de dinero que yo no creo que puedas pagar... y además que asumas la matrícula y el seguro médico de ellos. By the way... su abogada es la hija de puta más grande que hay en la profesión y se especializa en dejar en la calle a los maridos en estos procesos de divorcio.*

Yo no podía creer lo que escuchaba... cómo es que esa mosquita muerta, que siempre había estado sometida a mí, de momento había sacado sus garras y quería hacerme esto. ¡Esto no es justo y no lo voy a permitir, coño! Así mismo se lo manifesté a mi abogado y amigo y nuevamente, el muy cabrón lo que hizo fue volver a sonreir y pedirme que me calmara... ¡Seguro, como no es a él a quien están jodiendo!

---- *Si yo fuera tu, negociaría lo de la pensión a algo más razonable y aceptaría sin discutir todo lo demás.*

De igual forma, ella pretende que no tengas acceso a los nenes por ser "un mal ejemplo y una mala influencia" para ellos. Esto también lo podemos arreglar para que puedas compartir con tus hijos. Si vamos a corte te aseguro que todo será como ella pretende y además pasarás por el bochorno de un divorcio público que te puede eventualmente afectar en tu trabajo. Piénsalo y considera mi recomendación...

¡Pero será que este hombre se ha vuelto loco, se ve que no es a él el que le cuesta! Me levanté como un demonio y salí de su oficina sin tan siquiera despedirme. Arranqué para una de esas barras que yo visitaba regularmente, con la intención de jartarme a palos y llevarme a una jevita para tirármela más tarde.

~

Al otro día llamé temprano a mi novia antes de desayunar y le expresé todo lo que sentía en ese momento con respecto a mi vida, a "nuestras vidas" y al viaje que nos faltaba. Luego de casi una hora de conversación me empecé a sentir mejor y más tranquilo. El efecto de la llamada fue el mismo de siempre... paz y calma... entonces caí en cuenta de que aún cuando ya hacía un par de meses que me había separado físicamente de este incipiente amor, cada día que pasaba me enamoraba más, y mejor me sentía con mi novia. Fui a desayunar y me reuní con mis compañeros. Se había planificado comenzar hoy mismo con nuestras vacaciones turísticas y ya habíamos contratado un vehículo con chofer que nos llevaría a conocer la ciudad. Queríamos conocer bien la capital e inclusive salir un poco de la misma para hacer lo propio con otros lugares de interés en la república. Teníamos dinero suficiente, y salvo la reserva guardada para terminar nuestro viaje, lo queríamos gastar todo antes de nuestro martirio. Ya casi al salir a nuestro paseo, el capitán nos indicó que mañana revisaríamos minuciosamente nuestro barco para estar seguro que estaba en óptimas condiciones, razón por la que no haríamos más planes hasta hacer la verificación del mismo.

Nuestro guía nos fue hablando de la historia de su país según nos allegábamos al centro de la capital; sobre todo haciendo un recuento histórico del golpe de estado y la posterior dictadura hasta los tiempos de hoy. Me impresionaba la limpieza y orden que se veía y palpaba en la ciudad y posteriormente corroboré el alto nivel de educación y cultura de sus habitantes. Era evidente que estábamos en un lugar que sobresalía en nuestra América Latina y que estaba a la altura de los países más desarrollados y progresistas del mundo. Anduvimos y conocimos lugares hasta bien entrada la tarde. Era mucho lo que todavía nos faltaba y lo que aprendíamos y disfrutábamos ameritaba todo este viaje. De igual manera la comida y la bebida era de un nivel superior y yo solo pensaba cómo me iba a acostumbrar cuando llegara a Puerto Rico a mi triste realidad. ¡Ser un sibarita parece que le gusta a todo el mundo!

Regresamos y cenamos, y después nos fuimos a descansar. Nos levantamos temprano al otro día y desayunamos. Reposamos algo y comenzamos con la inspección de nuestra embarcación según habíamos quedado. Nuevamente quedé impresionado con la organización y meticulosidad de estos suecos en el trabajo que realizábamos. Se inspeccionaron todos los cables y aparejos del mástil, las velas, la instrumentación y los equipos de comunicación. De igual manera también se certificó las condiciones del casco, timón y quilla para estar seguros de que iríamos a nuestro combate con lo mejor que teníamos. Los trabajos fueron similares a los que habíamos realizado anteriormente en Cancún después de aquella memorable tormenta, solo que ahora fue mucho más intensa y detallada, lo que me hacía pensar que lo que nos esperaba era la verdadera prueba de fuego. Terminamos muy tarde, cenaríamos y después descansaríamos. Me fui a bañar y cuando regresé a buscar a los muchachos, éstos conversaban con alguien muy bien puesto que aparentaba ser un dueño de yate. Y no me equivoqué... el hombre al ver la inspección tan intensa y meticulosa que le hicimos a nuestro barco, vino a proponernos que le hiciéramos lo mismo al de él y de una vez le reparáramos cualquier problema o deficiencia que le encontráramos. Nos ofreció una cantidad de dinero exhorbitante por los trabajos, lo que nos hizo dudar si seguíamos con nuestro plan de no hacer ningún trabajo aquí en Chile. Quedamos con el hombre en avisarle mañana en la tarde luego de discutirlo entre nosotros.

Nuevamente cenamos opíparamente y bebimos como cosacos. Durante la cena acordamos hacer el trabajo que nos habían solicitado ya que recién llegábamos y estaríamos tres semanas aquí, lo que nos daría todo el tiempo del mundo para conocer esta tierra. El trabajo lo haríamos pasado mañana y el dinero que ganáramos lo consumiríamos como nos habíamos acostumbrado. Mañana volveríamos a la capital para seguirla conociendo y disfrutando de la comida y bebida que esta nos brindaba.

～

Caí en una profunda reflexión y evaluación sobre la noticia y consejo de mi abogado con relación a mi divorcio. Me asesoré con amistades y compañeros que habían pasado por lo mismo y todos me recomendaban hacer lo que me decía mi asesor legal. Ese patrón de querer jodernos, parece ser la regla en estos casos y aparentemente las cortes siempre favorecen a las jodias mujeres. Yo me negaba a aceptarlo y me encontraba en esa incertidumbre entre lo que aparentaba ser lo práctico y lo que yo creía que era lo justo. Me volví a reunir con el letrado a ver si había otras alternativas...

Llegué a su oficina y le expresé claramente lo que yo pensaba. Estaba muy molesto, pero más tranquilo y en mis cabales. Mi amigo y representante ya se había reunido con la arpía abogada de mi mujer y quien él aseguraba que estaba dispuesta a "partirme los cojones", usando sus propias palabras. Se había negociado una rebaja sustancial en pensión alimentaria para mis hijos y logró acordar derechos de visita donde yo pudiera compartir con ellos. En realidad era justo y razonable lo que él había acordado y solo faltaba mi aceptación para finiquitar el acuerdo. Yo seguía en negación, en una clara actitud inmadura producto de una rabia causada por mi fracaso. Ver que era mi esposa ahora la que partía el bacalao me jodía la vida y me encabronaba.

Finalmente no me quedó más remedio que aceptar la propuesta de divorcio que se había negociado. Lo hacía lleno de rabia y de rencor y con un propósito firme de vengarme de esta cabrona y hacerla sufrir hasta que me pidiera perdón de rodillas. Yo estaba convencido que así iba a ser y posiblemente por esa sed de venganza inmisericorde era que aceptaba lo que estas cabronas me estaban haciendo. Pero yo iba a mí y siempre me salía con la mía. Esta vez no iba a ser distinto... nuevamente... ¡que equivocado estaba!...

XII

Aún cuando estaba todo acordado con relación a las condiciones de nuestro divorcio, el proceso legal de la demanda había que culminarlo en la corte. Yo no deseaba pasar por ese mal rato y humillación por parte de mi mujer y la arpía de su abogada, pero no había remedio y así son los procesos. Ese día, para variar, amanecí con unas diarreas galopantes que presagiaban la clase de día que iba a pasar. Temprano en la mañana me bañé y me vestí con chaqueta como era mi costumbre. En última instancia, era mi plan el ir a trabajar como cualquier otro día una vez saliera de la corte, algo que yo pensaba que iba a ser muy rápido. Llegué temprano al Tribunal con la idea de que esto era como con los médicos... por orden de llegada. Ya había bastante personas en el mismo, de gente que posiblemente pensaron como yo, o que venían de muy lejos a terminar con su matrimonio. Resultó que no era así que funcionaba la corte y que los casos eran asignados de antemano por hora. Mi abogado no había llegado, tampoco mi mujer, ni el otro demonio. Me puse a leer el periódico que había llevado y que haría que me mantuviera ocupado, demostrando una calma e indiferencia que ciertamente no era genuina ni real. En eso estuve por alrededor de una hora, leyendo y releyendo el periódico inútilmente sin que sirviera el propósito para el cual yo lo llevé. Finalmente mi abogado llegó, tranquilo y calmado como si nada estuviera pasando. Y es obvio que para él nada pasaba... ¿pero y para mi que era su representado?

Se sentó a mi lado y apenas me habló. Sacó su teléfono celular y aparentaba que hablaba con una novia porque la conversación se extendía y a mi me ignoraba como todo un buen pendejo... que era lo que yo en realidad era en ese momento. Al rato terminó y entonces me preguntó que cómo estaba. Me pareció una de esas estúpidas preguntas de las que se hacen cuando no hay nada más que decir... ¡Cómo carajo se iba a sentir un hombre que está en un Tribunal esperando divorciarse y donde lo van a dejar en la calle! A eso añádale el que tengo unas diarreas y un dolor de barriga que me están matando; entonces se deben imaginar cómo me sentí con la pregunta. "Estoy perfecto", le contesté con una sonrisa y un cinismo que él debe haber interpretado como una cagada de madre. ---- *Tu mujer ni su abogada han llegado* ---- me dijo el muy pendejo como si hubiese descubierto América o yo no tuviese ojos para haberlo notado.

El juez llegó pavoneándose cual pavo real de la mejor casta y comenzaron los procesos. Las arpías no llegaban, pero mi abogado estaba de lo más tranquilo. Ya yo después de un rato y viendo como eran otros los casos que se iban viendo, le pregunté a mi abogado por qué no nos habían llamado para salir ya de esta mierda e irme a trabajar. El muy cabrón, como si no fuera con él, me susurró que nuestro caso era el último de la mañana y que él estaba allí tan temprano porque tenía otros clientes a quien atender. ¡Qué hijo de puta y qué abusador! Yo allí cagándome de miedo y de verdad, y él como si nada. Hice respiraciones profundas a ver si me controlaba, porque no deseaba que mi mujer me viera en tensión, sino todo lo contrario, relajado y tranquilo. Ya a media mañana los demonios llegaron y se sentaron al otro lado del salón. Yo aparenté ignorarlas porque no quería darle el gusto de que notaran mi nerviosismo y la rabia que tenía. Finalmente, ya casi al medio día, nos llamaron al estrado...

~

Temprano en la mañana nos reunimos con el propietario del yate que requería nuestros servicios. Acordamos los trabajos y los honorarios e hicimos planes para comenzar de inmediato nuestras labores. Lo que cobraríamos yo pensaba que era una fortuna y un abuso, pero luego me dí cuenta de que el trabajo era extremadamente complejo y requería unas destrezas que difícilmente se consiguieran por estos lares. Los suecos eran unos bárbaros y a veces yo olvidaba que eran dos profesionales graduados de sendas carreras tecnológicas donde posiblemente estudiaron mucha teoría de los trabajos complejos que realizaban. Yo por el contrario, de aprieta tuercas no pasaba, y a veces me daba la impresión de que los botes y sus reparaciones y mantenimiento, sería el futuro de estos dos amigos... lo vivían en la sangre y lo disfrutaban. El servicio que brindamos estaba relacionado con todo el sistema electrónico de navegación, lo que hacía que un mega yate como éste estuviera prácticamente varado al no poder navegar sin esta reparación. Es por eso que pagaron lo que fue y confiaron el trabajo a nosotros. ¡Imagínense; un ingeniero, un arquitecto... y yo, en esos menesteres!

Nos tomó dos días terminar nuestras reparaciones. Una vez el propietario recibió conforme y agradecido los trabajos, no solo nos pagó, sino que nos incluyó una sustancial bonificación por nuestro esfuerzo. Así las cosas, sin más responsabilidades y con casi tres semanas de descanso y vacaciones, comenzamos a planificar el resto de nuestros días. Queríamos terminar de conocer bien el resto de Valparaíso y la historia de Neruda por esas colinas. De igual manera visitaríamos Viña del Mar que está muy cerca y después terminar también de conocer profundamente la capital. De ninguna manera pasaríamos por alto al menos tres días de visitas y degustación en los viñedos principales del país, ya que en mi caso, me había convertido en aspirante a *sommelier* influenciado por los norteños que me habían introducido en ese mundo. Creo que a mí en específico ésto era lo que más me entusiasmaba en este momento.

Al otro día, ya descansados y sin responsabilidades laborales y mucho menos económicas, comenzamos de lleno con nuestro itinerario turístico y cultural. Nuestro vehículo con su chófer nos esperaba a la salida de la marina desde temprano en la mañana y según habíamos acordado. Camino a la capital, nuevamente nuestro guía hacía alarde de sus conocimiento de la historia nacional e iba haciéndonos un recuento del desarrollo del país, nuevamente haciendo hincapié del periodo de la dictadura y posterior regreso a la democracia. Aún cuando el hombre ciertamente no era un erudito histórico, para algo servían sus conocimientos, sobre todo para los norteños, que de seguro nunca habían oído hablar de Chile, ni de Allende, ni de Pinochet, ni de Gabriela, ni de Neruda...

Le dedicamos una semana entera a lo que era la capital chilena de Santiago y todos sus alrededores. Recalco nuevamente lo que me impresionaba la limpieza y el orden que se vivía en todo momento y todo lugar. Se comía bien, sobre todo pescado y mariscos, aunque yo personalmente no pensaba que estaba al nivel de Perú. Los vinos eran otra cosa y ya están entre los mejores del mundo, sin envidiarles nada a los países que históricamente se han destacado en este renglón. Además, por la calidad de los mismos, sus precios pueden parecer inclusive ridículos. Así conocimos la ciudad, comimos como reyes y bebimos como cosacos. Nuestra próxima etapa, después de coger un día entero de descanso, sería explorar las distintas bodegas vinícolas que ofrecen excursiones y degustaciones a los amantes del buen vino.

~

Nos llamaron al estrado a ambos y nos hicieron un par de preguntas rutinarias. La cabrona ni me miró y aparentaba que iba camino a una fiesta con una elegancia y un garbo que impresionaba. Coño, y de momento me di cuenta que a la doñita todavía le quedaba... y mucho. Eso precisamente era lo que más me encabronaba... yo cagándome encima, con un miedo y un nerviosismo que podía más que yo, y una rabia que me mataba, y ella como una lechuga, más buena y más sensual que nunca. Y sin yo quererlo, la desgraciá me causaba una erección que me rompía el pantalón y que era evidente a todo el que me miraba. Me cago en su madre mil veces, pero si la cojo ¡me la limpio como un bacalao!

Ella sabía muy bien lo que estaba pasando, entonces más puta se ponía y más mal me tenía. La vergüenza me abrumaba y no sabía donde meter mi cara y mucho menos el animal viril que se dibujaba en el entre piernas de mi pantalón. Finalmente el proceso terminó, solo que yo no sabía cómo iba a regresar a mi banqueta para recoger mis cosas y largarme de allí. Confieso que ha sido el momento más embarazoso de toda mi vida, no solo por el mal rato del desagradable desenlace, sino también por el bochorno y la vergüenza que pasé.

Tal como ya yo lo sabía, salí jodío de todo esto. Lo que habíamos acordado fue precisamente lo que se estipuló. Al menos me bajaron la pensión alimentaria y me permitieron estar con mis hijos los fines de semana alternos. Lo demás, todo para ella... así son las leyes y nosotros siempre jodíos. Ni se habló, ni ella lo dijo, ni a mi me importaba, que iba a hacer ella con su vida, con la casa, con los niños y todas esas otras cosas, si alguna, que por su naturaleza nos uniera todavía. En este momento para mí lo único importante era nuestros hijos, por lo demás, que haga lo que le venga en gana, siempre y cuando sea velando por el bienestar de nuestros muchachos.

No fui a trabajar como era mi intención originalmente. Aparte de que se me había hecho tarde, no tenía el deseo, ni el ánimo, de estar de regreso en el trabajo con compañeros que con la mejor buena fe, iban a estar preguntándome detalles que no quería en este momento recordar. Entonces, como siempre, lo que decidí fue ir a uno de mis bares favoritos a darme tragos y después a buscarme una hembrita que me sacara de mi mente a la cabrona esta que todavía me lo tenía que se me iba a partir. Y aunque no me lo crean, desde que salí de la corte no he dejado de fantasear con la que hasta hace un rato era mi mujer y que desprecié como no se merecía... ¡Coño, y que buena está la desgraciá!

~

Le dedicamos los tres días que habíamos planificado al mágico mundo de los vinos y su elaboración. Visitamos varios de ellos... Cousiño Macul, Undurraga, Concha y Toro, en fin, siete u ocho de estas casas vineras clásicas que recibían visitantes y le mostraban los viñedos y todo el proceso de su elaboración y añejamiento a los interesados. Fue una actividad educativa muy interesante y yo en particular tuve un cambio radical en la percepción de este mundo maravilloso que son los vinos. Sin que los suecos se enteren usaré una frase de ellos para referirme a este increíble mundo que recién estoy conociendo... esto es "un estilo de vida". Y créanme que lo es. Los que se dedican a esto son gente muy especial que se han entregado a esto como un sacerdocio no muy fácil de entender. Lo que sí es cierto es que bebimos, degustamos y disfrutamos los vinos ¡hasta más no poder!

Estos tres días verdaderamente nos sirvieron para desviar nuestras mentes de lo que era nuestra misión por estas tierras; circunvalar la Patagonia y llegar a la Argentina. Contrario a los suecos, en ocasiones yo sentía un corrientazo en mi mente que me hacía recordar lo que me esperaba. En esos momentos lo único que se me ocurría era seguir bebiendo vino para enajenarme de la inminente realidad. Solo volvía a ella cuando contaba los días, cada vez menos, que nos faltaban para partir. El capitán nos ordenó a quedarnos toda la última semana en la marina descansando, reponiendo fuerzas, aprovisionándonos y verificando hasta el último rincón de nuestra nave para estar seguro de que íbamos bien. Ya en esa última semana me empecé a preocupar.

Decidimos por estos días previo a nuestra verdadera aventura el ir a eso de las seis de la tarde a tomarnos algunos tragos y a conversar. Los norteños aprovechaban estos momentos para establecer una tertulia motivacional que avivara nuestra confianza de victoria ante nuestro reto. La realidad es que me fui sintiendo motivado y deseoso de que llegara el momento... y así las cosas el día sí llegó. Nos iríamos pasado mañana a las seis de la tarde como siempre. Eso quiere decir que mañana es nuestra cena de gala que ya tenemos por costumbre y después a descansar hasta que llegue el momento...

~

La doctora que me embrujó y a la que tanta leña le dí, ya no estaba en el panorama. Fue una buena experiencia que quedará grabada en mi memoria por siempre, pero desafortunadamente no fue como yo creía. O mejor decirlo así, yo no fui como ella quería. Lo que comenzó sin compromiso ni ataduras, ella de momento lo empezó a complicar y a exigirme cosas que yo definitivamente no estaba dispuesto a aceptar. ¡Me quedé sin la soga y sin la cabra! y sin darme cuenta caí en mi patrón de jodedera a la cual estaba acostumbrado y tanto me gustaba. Para nada pensaba en mi fracaso matrimonial, ni en mis hijos, ni en un carajo que no fuera darme lo que para mí era la buena vida. Creo que mi buen desempeño laboral, sin yo pensarlo, se empezó a ver afectado. Por fortuna, un buen amigo y compañero de trabajo, se encargó en hacérmelo saber y en aconsejarme el que hiciera un alto y volviera a ser el empleado ejemplar y eficiente que siempre había sido. Me salvó la vida y se lo agradecí. Hoy en día miro hacia atrás y pienso en qué hubiese sido de mi, si perdía mi trabajo en aquel momento crítico de mi vida.

En contra de mi voluntad y de mala manera enviaba la pensión alimentaria de mis hijos. Y no crean que lo hacía para ser un buen padre, sino porque si no cumplía, se me metían en el trabajo y me iba a ver afectado. Mis hijos crecían sin yo darme cuenta, ni disfrutar esa etapa de sus vidas... yo los ignoraba. ¡Coño... cuanto lo siento hoy en día! Era tanta la rabia que yo tenía que me cegaba y no me dejaba actuar con sensatez y madurez... que ignorante fui, y cuánto lo lamento.

Y así las cosas un día mis propios hijos, sin mucha emoción, me comunicaron que se mudaban con su mamá. Eso para mi no era sorpresa, lo que sí lo fue, fue el saber que era a Orlando, donde ella había conseguido un excelente empleo, y ya sin nada que la atara aquí, decidió aceptarlo. Yo en realidad no se ni como me sentía. No me gustaba la idea de que mis hijos se fueran del país, pero en última instancia me importaba un carajo lo que hicieran ellos y su madre... mientras más lejos mejor... ¡que pena haber pensado así! Por algunos años no supe de ellos, ni me interesó...

Creía que estaba en la gloria y que nunca se iba a terminar el momento que vivía. Con el tiempo, y posiblemente los años, me empecé a cansar, ¡ya no era como antes! Y como son las cosas de la vida... un buen día, en uno de esos vacilones que tanto me gustaban, una amiga me habló de hacer un viaje en velero a cruzar en cono sur de América... y yo sin pensarlo, en otra de esas decisiones alocadas a las que ya estoy acostumbrado, acepté y partí. Lo demás es historia...

~

Como ya era nuestra costumbre, le pedimos al *chef* que nos preparara la mejor cena de cinco platos que se le ocurriera que ese era ya nuestro ritual. Comenzamos como ya establecido con una excelente cava chilena y después caímos en los vinos empezando con un helado Chardonnay. En combinación con el *chef* el *sommelier* del restaurante había seleccionado un vino de maridaje perfecto para cada uno de los platos. La cena no nos decepcionó y nuevamente, cual sibaritas sin dinero, cenamos y bebimos como reyes.

Durante la cena no se mencionó nada del viaje que emprenderíamos mañana. Eso también ya era nuestra costumbre y este era un momento exclusivo para compartir y disfrutar. Llamé a mi novia para despedirme e informarle de nuestros planes y nuestra cena. Nos fuimos a acostar y a descansar y al otro día, con un ánimo y un entusiasmo que no se de donde salió, soltamos amarras a la hora establecida en ruta al infierno...

XIII

Navegábamos con rumbo sur y con la misma incordia marejada fría que entraba a la cubierta y nos congelaba más que el cuerpo, la vida. Hacíamos buena velocidad, nuevamente con un recorrido de través, que provocaba que nuestro desplazamiento fuera seguro y rápido. Eran las condiciones que habíamos discutido en nuestra reunión de planificación y que esperábamos, que al menos hasta la Patagonia, se mantuvieran así. Como cuestión de hecho, ya yo estaba compartiendo el timón del barco durante el día por períodos similares al de los suecos y había aprendido con ellos mucho de destrezas marinas y conducción de la embarcación. Aunque todavía no me consideraba ni remotamente el estar al nivel de los norteños, me sentía capacitado, y ellos así me demostraban su confianza al dejarme a cargo del barco. Esto quiere decir que ya yo no necesitaba supervisión ni compañía de los compañeros aún en estos mares embravecidos en los cuales navegábamos ahora. Sin darme cuenta y sin desearlo, me había convertido en un confiable marino y recordaba las palabras de los suecos al comenzar nuestra aventura cuando aseguraban "que para aprender tendría tiempo de más".

Como deberán imaginar, la navegación era aburrida

al extremo y aunque era cercana a la costa, la misma no era visible. Esto sería así por alrededor de una semana cuando deberíamos estar llegando al Cabo de Hornos mentao. Milagrosamente mi actitud había cambiado y le cogía sentido a lo que hacía. Lo estaba disfrutando y estaba más pendiente a lo que ocurría en el bote sobre todo con un deseo de aprender más de este oficio. Por mucho tiempo no solo ésto no era así, sino que ni remotamente me pasaba por mi mente el tener algún interés por esta ciencia. Conversábamos mucho y era evidente que mi cambio de comportamiento y mi deseo de aprender demostraba que era otra persona.

Según avanzábamos más al sur, el frío y las condiciones inhóspitas del mar se hacían sentir con más intensidad. Ya era cuestión de dos o tres días para nuestro encuentro tan esperado con la adversidad y la naturaleza... la Patagonia. Caí en cuenta de que yo no estaba asustado ni nervioso y que por el contrario lo que estaba era ansioso por enfrentar el reto y salir victorioso. ¡Los milagros existen, y les aseguro que este es uno de ellos!

Tan enfocado estaba yo en lo nuestro, que una buena mañana de esas cuando estoy de patrón del bote, en mi soledad y euforia volví a pensar en mi novia. Me imagino, que por estar en el momento más crítico de esta aventura, no había espacio para otra cosa en mi cabeza que no fuera para concentrarme y visualizar lo que nos venía. Concluí que era esa la razón por la cual mi interés en mi mujer había decrecido y que en realidad nada tenía que ver con el amor y confianza tan grande que sentía por ella. ¡Estaba seguro que era eso!, entonces caí en un sopor romántico y fantasioso con mi amada novia.

Y miren como son las cosas de la vida, que de igual manera, comencé a pensar en mi fallido matrimonio, en mi ex mujer y sobre todo en mis hijos. Había pasado ya algún tiempo en los cuales prácticamente no había tenido el más mínimo contacto con mis muchachos... ¿cómo era posible que yo haya convertido en víctima a unos seres, carne de mi carne, y que están en éste momento en la etapa más crítica de su juventud y desarrollo?... ¡cuando más falta le hace un padre! Lo cierto es que esta cercanía a Dios, que he aprendido a ver como producto de mi introspección en los momentos de soledad, está teniendo unos efectos insospechados en mi que me convierten en una mejor persona. Cuando llegue a la Argentina lo primero que haré llamar a mis hijos y pedirles perdón por lo que he hecho y solicitarles una nueva oportunidad de convertirme en lo que siempre debí haber sido. Y por qué no... con mi ex esposa también haré lo mismo.

~

Me había convertido en un bohemio e inescrupuloso ser humano que pensaba exclusivamente en mi y en lo que me causaba placer y bienestar. Todavía era prácticamente un muchacho que ni llegaba a mis treinta. Entonces el cuerpo aguantaba y como estaba advertido de que estaba en la mirilla de mis jefes, dejaba para los fines de semana las salideras más comprometedoras. No me importaba nada y siendo bien parecido y con ese encanto seductor que tenía, era raro no tener compañía con quien y cuando quisiera. Nuevamente pensaba que eso no se iba a gastar y que duraría para siempre.

Sin quererlo me enredé con una morena que por poco acaba con mi vida. Mirando hoy hacia atrás, la única explicación que tengo para justificar mi comportamiento es que la mujer me hizo un trabajo y me hechizó. ¡Ni la doctora que tan buena estaba y que tanto tenía, pudo hacer lo que hizo de mi la morena! Reconozco que estaba divina y que era la mujer más sensual que existe, pero para un hombre como yo, zorro de mil batallas y mil mujeres, dejarme controlar y envolverme como me pasó, solo puede explicarse de esa manera.

La conocí como era mi costumbre en uno de esos negocios que yo frecuento. Me deslumbró y me atrajo de una manera tal, que ese mismo día nos envolvimos. Yo me convertí en un idiota y pasé a ser un perro faldero de ella. Lo peor es que me daba cuenta y hacía el propósito de terminar la relación, al menos como existía; porque eso sí, un tablazo jamás se lo negaría. Pero cada vez que iba dispuesto a cumplir con mi propósito, no pasaba de primera base y antes de darme cuenta estábamos clavaos y yo nuevamente a sus órdenes. El tiempo pasaba y yo de mal en peor, y la morena haciendo de mí lo que quería... Le monté un apartamento y prácticamente le entregaba mi cheque en su totalidad, y ella seguía haciendo conmigo lo que yo siempre hacía con otras. Yo creo que hasta me enfermé, ¡coño y quien no, si eso era siempre clavaos y ella mirando para el horizonte!

Físicamente era un cadáver y si a eso le añades el que estaba arruinado, no era muy difícil concluir que la morena me dejaría tan pronto apareciera otro que le supliera lo que necesitaba. Gracias a Dios que ese hombre llegó y me libré de ese maleficio. Acepto que al igual que a la que fue mi esposa, a la morena nunca la he podido borrar de mi memoria...

~

Dos situaciones me confirmaron que finalmente entrábamos en las peligrosas aguas de la Patagonia. Primero, nuestro capitán comenzó con un paulatino cambio de rumbo hacia babor y el este; segundo, notábamos una muy peculiar fauna marina que no habíamos observado hasta ahora. Habíamos empezado ese periodo crítico de veinticuatro horas que nos llevaría a circunvalar ¡el fin del mundo y el cono sur!

Yo estaba alerta y firme. Nuestro patrón nos había instruido en el sentido de que ya desde este momento toda la navegación se haría con nuestro arnés de seguridad conectado y con la más rígida disciplina, pendiente solo a sus instrucciones. En eso estábamos y de momento me comenzaron las náuseas y los vómitos. Ahora sí que estábamos navegando en una coctelera y los vientos y las olas nos azotaban sin piedad. Pero estábamos listos y preparados y aún con mis contratiempos particulares, yo iba a combatir. En eso estuvimos por alrededor de diez horas. No niego que en algunos momentos a todo pulmón me cagué en la madre de los suecos, de mi novia y de todo el que pudo en algún momento influenciado a que yo aceptara venir. Como un comentario al margen también me cagué encima, porque ni pensar en este periodo de veinticuatro horas críticas en comer, hacer nuestras necesidades o dormir. Si salíamos de esta, eso vendría después.

Finalmente divisamos el famoso Cabo de Hornos y con él las condiciones marinas de navegación más fuertes y desagradables que de seguro existen. Amurados totalmente a estribor del cabo, como dos dementes, los suecos llenaron del propio mar tres cubos de agua congelada para hacer el ritual de bautizo que hacen todos los que por aquí cruzan. Me obligaron a gritar junto a ellos *"te he vencido Cabo de Hornos"* al mismo momento que nos bañábamos con el agua helada que habíamos subido a bordo. Me volví a cagar en sus madres, el agua era hielo puro, aunque tuvo el obvio efecto positivo de avivarnos y despertarnos. Me contagió el ánimo y el espíritu de victoria de los vikingos y de momento, aún con el trauma que me afectaba, sentí que yo también era parte de esa victoria.

Por alrededor de diez horas más nuestras condiciones de navegación fueron críticas. Nos mojábamos, nos movíamos, y yo vomitaba lo que aparentemente me quedaba del banquete que nos habíamos dado previo el comienzo de nuestra navegación. Según pasaba el tiempo las condiciones mejoraban algo, sin embargo, todavía faltaba mucho para pensar que estábamos fuera de peligro. Y así la cosas terminamos nuestro cruce de la Patagonia... lo peor ya había culminado. Entonces yo vencido por el cansancio y la tensión de la experiencia, fui el primero en descansar un par de horas. Intenté dormir, pero no pude. No era la primera vez que esto me pasaba como consecuencia de toda la tensión y nuevas experiencias a las cuales me sometía. Pero al menos el descanso y la reflexión de la aventura me calmaron y al subir a relevar en el timón a uno de los compañeros, me sentía mucho mejor.

El volver a la rutina diaria de navegación y guardias se nos hizo fácil. Cuando terminé en la mañana con mi turno asignado sí pude dormir por un buen rato y repuse todas las energías que había perdido horas antes. De hecho calenté y compartimos unas sopas de lata que nos levantaron el ánimo y nos llenaron de vigor. Así seguimos por diez días más, mojados y con frío.

~

Por varias semanas estuve en recuperación. Me encontraba en el peso más bajo de mi vida y en mi trabajo empezaron a sospechar que tenía alguna enfermedad grave que pudiera ser contagiosa. Los federales no comen cuenta y me enviaron sin pensarlo al médico de la oficina para que me examinara y me enviara todos los exámenes de rigor. Por fortuna el médico entendió mi condición una vez se la conté y entonces me estableció una dieta y un régimen de ejercicios que en cuestión de un mes me puso nuevo. Ya repuesto y en plena condición física, caí de nuevo en mi rutina.

Fue muy poco lo que tardé en volver a mi vida acostumbrada. Volví a verme bien y recuperé mi encanto. Regresaba a la gloria de acuerdo a mis estándares y recuperé la única felicidad que conocía. De mis hijos ni noticia, y en verdad no me importaba, estaba deshumanizado y solo pensaba en mí y en el momento. Cómo podía cumplir con mi trabajo yo no lo sé, creo que mi encanto y simpatía tenía mucho que ver con eso. Pero así era, y me querían y apreciaban un montón mis compañeros de trabajo e inclusive mis jefes. Varié un poco mi rutina de repetir el lugar de reunión si la cosa se mantenía buena en el establecimiento y empecé a cambiar todos los días los negocios que visitaba. Así evitaba enchularme otra vez de cualquier otra bandida al dividir mi tiempo entre todos los lugares que me gustaba patrocinar.

Mi época post divorcio fue de una demencia plena donde ni me amaba, ni me respetaba. Después de mi experiencia con la morena, el dinero no me daba prácticamente para vivir. Estaba lleno de deudas producto de mi envolvimiento con la hembra y eso me obligó a cortar mucho mi actividad social y sexual que era mi motivo de vida. Me deprimí terriblemente y en ocasiones me encerraba en mi cuartito como si estuviera muerto en vida. Pensaba y reflexionaba mi situación y evidentemente conocía mi problema y mi solución. Pero nuevamente concluía que era un enfermo y que mis gustos, que me llevaban a la muerte, podían más que la razón.

Aún con la mala experiencia y el rechazo que tenía a todo lo que oliera a psiquiatra y a grupos de apoyo y autoayuda, decidí ir a uno de esos grupos de adictos que se reúnen semanalmente y que todos conocemos... en mi caso adictos al sexo. Con mucho sigilo y discreción comencé a asistir a uno de ellos. Para mi sorpresa el grupo era nutrido lo que me hizo sentir que no estaba solo en mi vicio y a su vez que este es un problema más serio de lo que yo creía. Había la misma cantidad de hombres que de mujeres, otra sorpresa más que me llevaba. No niego que al principio me entusiasmé y concluí que había sido de mi parte una sana decisión el integrarme al grupo como lo hice. Creé algunas amistades y conversábamos y compartíamos ya en más intimidad, nuestras realidades y problemas. Había en específico una joven con quién me relacioné quizás demasiado y que contribuyó grandemente a que me mantuviera firme en mi compromiso semanal.

Al terminar una de esas reuniones en las cuales coincidíamos y a las cuales yo seguía yendo atraído por ella, decidí invitarla a tomarnos unos inofensivos tragos a uno de mis bares favoritos con el propósito de seguir conversando sobre nuestro proceso curativo. Les juro que esa era nuestra intención cuando aceptamos reunirnos. Ni de mi parte, ni de él de ella, había otra motivación en ese momento que no fuera ese ¡lo juro otra vez! Llegamos al lugar y nos sentamos en una mesa. Esto no es lo que yo siempre acostumbro, pero era pertinente hacerlo para mantener nuestra confidencialidad en lo que habláramos y que no nos interrumpiera nadie. Aún cuando hablar de sexo con alguien con quien tu no tienes mucha confianza no es nada agradable, los dos nos sentíamos cómodos y lo veíamos como una continuación de nuestro proceso terapéutico. Según nos dábamos tragos nuestra dinámica fluía mejor y conversábamos con más desenvolvimiento y sin inhibiciones. Yo quise comenzar, quizás para demostrarle mi verdadera intención de que esto fuera algo real y que tenía plena confianza en revelarle mis intimidades. Seguíamos dándonos tragos y yo genuinamente me sentía bien y disfrutaba la compañía. La joven en un momento dado se levantó para ir al baño y ahí fue donde por primera vez me fijé que la chica no estaba nada mal. De igual manera sentí que sin proponérmelo estaba un poco excitado. Al regresar me dió la impresión de que ella estaba en lo mismo y ansiosa de seguir con nuestra conversación. Entonces fue a ella a quién le tocó hablarme de sus problemas sexuales y yo, dispuesto a escucharla sin perder detalles.

La compañera de terapia narraba con lujo de detalles sobre su adicción al sexo. Lo que más me sorprendió fue como describía todos sus gustos y actuaciones sin dejar a la imaginación nada de lo que confesaba. Yo me estaba poniendo mal y era evidente que ella lo sabía, entonces la muy cabrona, ya sin ninguna consideración hacia mi y mi condición, más profundizaba en los detalles y descripciones de lo que contaba. Ya ninguno de los dos con control de lo que ocurría, salimos a su apartamento y estuvimos dando tabla hasta el otro día. Salí de su casa directo a mi trabajo y me tomé en el camino un café negro a ver si despertaba. Pasé un día perro, no sé ni cómo, y no pude evitar que aún con lo caliente que estaba con los jefes, mis compañeros notaran mi condición.

Nos convertimos en amantes por algún tiempo, aunque seguíamos yendo a nuestra terapia. Cuando terminamos nuestra relación decidimos mantener nuestra íntima amistad, una que ha seguido por el resto de nuestras vidas... la amo...

～

Después de la desagradable aventura de nuestro cruce de Cabo de Hornos todo siguió normal. Lo que antes para mí era un mar de muerte, ahora, después de Cabo de Hornos, era un placentero paseo. Me estaba acostumbrando a esto y yo, que soy tan intenso en mis decisiones, empezaba a preocuparme un poco. Mis planes de vida futura los vislumbraba como una vida convencional estable que haría con mi novia americana una vez regresara a mi país y fuera a buscarla. Esa era mi gran dilema en este momento... el pensar que estuviera cayendo en el "estilo de vida" y fueran a cambiar mis planes y perspectiva de vida futura.

Los diez días post Cabo de Hornos fueron de celebración y regocijo. Jamás pensé yo que un suceso como este impactara tanto a unos jóvenes profesionales y cultos como a estos suecos, y por qué no decirlo... a mi también. El capitán expresó emocionado su sentir de la hazaña y nos agradeció a su primo y a mi el haber sido las dos personas que le acompañaron en la gesta. Todos hablamos y todos nos emocionamos. Nuestra proeza sellaba una amistad y una hermandad, que por esas vueltas que dá el mundo, duró por toda una vida.

Nuestro patrón una mañana anunció que en un día llegaríamos a Buenos Aires. Nos pidió reunirnos en cubierta y nos informó que haríamos las reuniones acostumbradas donde analizábamos nuestra navegación y proyectábamos la próxima en ese momento. Me gustó que fuera así, aprovecharíamos el resto del trayecto en algo necesario y así no tendríamos que dedicarle tiempo a eso en Buenos Aires, una ciudad que obviamente había que conocer y disfrutar a plenitud. Analizar nuestro recorrido fue tarea fácil, era tanto lo que habíamos conversado en el camino de eso, que fue muy poco lo que hubo que añadir. Nuestro próximo recorrido será a Salvador de Bahía, Brasil. Nuestra navegación seguirá como hasta ahora y nos tomará alrededor de dos semanas. En Buenos Aires lo único que haremos es joder y conocer la ciudad. Además también aprovecharemos para conocer los viñedos argentinos que tanta fama están cogiendo y tan buena calidad de vinillos están produciendo. Ya solo nos queda esperar hasta mañana para atracar y el resto será recompensarnos por nuestra hazaña...

XIV

Temprano en la mañana, siendo yo en ese momento patrón del barco, se comenzó a ver la costa Argentina a donde nos dirigíamos. Hasta yo ya sabía que era cuestión de tres a cuatro horas para estar arribando a tierra. Según nos acercábamos a nuestro destino se notaba una diferencia con relación a las otras marinas que habíamos atracado y era en la cantidad de embarcaciones que se encontraban en la ensenada donde estaba nuestro muelle. La marina era inmensa, como después comprobamos que era todo en la Argentina, e indicaba que el movimiento de yates aquí sí era extenso. Muchas eran embarcaciones locales; quizás la mitad era de gente como nosotros que estábamos de paso, y muchas de igual manera de propietarios que tenían sus barcos en reparación. Era una comunidad náutica extensa y efervescente, que mostraba un gran movimiento de dinero y además una participación notable de los gauchos en este deporte de mar. No me lo esperaba y me sorprendió, pero en este país nada debe ser inesperado.

Al llegar nos asignaron un muelle grandísimo entre dos mega yates que nos hacían ver, aún con nuestros sesenta pies de eslora, como si fuéramos unos alfeñiques. De todas maneras veníamos con el pecho a explotar de orgullo con nuestro cruce del Cabo. Sugerí de hecho, el hacer aquí mismo en la Argentina, un banderín que desplegaríamos permanentemente en nuestro mástil y que leyera "vencimos al Cabo de Hornos"... ¡para que nos respetaran! Los suecos acogieron la idea y no saldríamos del país sin ese distintivo. Una vez cumplimos con nuestra responsabilidad migratoria, yo personalmente me fui a dar un bien ganado baño de agua caliente, y después, beberíamos en el bar como nos merecíamos hasta ya más no poder.

En realidad no teníamos un tiempo específico para estar en el país. Lo que sí era cierto, es que no partiríamos hasta no conocer bien a Buenos Aires, ni sin estar totalmente descanzados y restablecidos de nuestra reciente travesía. Tampoco obviaríamos a las bodegas y viñedos que visitaríamos y disfrutaríamos, degustando y aprendiendo de los vinos locales. De aquí en adelante ya no importa lo que venga, nuestra misión ya se cumplió.

Yo no había olvidado lo que me propuse con respecto a mis hijos, ni mi ex mujer cuando llegara a puerto, solo que no era el momento apropiado para la llamada de reconciliación y perdón que quería hacer. Mañana temprano los llamaría, al igual que a mi novia, que sé que debe estar ansiosa esperando noticias de nuestra hazaña. Cosa extraña... no tenía el ánimo que había tenido siempre por tirarme a tierra a llamar a mi compañera tan pronto llegábamos. La tensión acumulada, más el cansancio de la aventura, de seguro era la causa de esta indiferencia... así lo entendí y no lo dudaba.

Finalmente nos reunimos en el bar a darnos los tragos y relajarnos. Decidimos tomar vinos y degustar varios de los que se ofrecían allí. El sitio era elegante, pero informal. Nuevamente era un bar inmenso y había mucha gente. Por fortuna el personal de servicio era abundante por lo cual fuimos atendidos rápidamente y con mucha cortesía. Pedimos una cava helada como es nuestra tradición al comienzo de nuestras veladas. Constantemente llegaban bandejas de asados variados en tiras, que se iban sirviendo según uno lo requiriera a manera de picadera. La carne asada era exquisita e incluía mollejas, riñones, y varios cortes distintos de carne de las cuales nadie conoce mejor que los porteños. Una vez degustada la cava seguimos con un delicioso Chardonnay que estaba divino. Me gustó el estilo este de ir llevando por las mesas y el bar bandejas de cortes de carnes diversos para picar antes de la comida. Nosotros estábamos relajados y ocasionalmente traíamos a nuestras memorias instantes específicos del ya famoso cruce del Cabo. Por muchas horas estuvimos bebiendo y comiendo al punto de que no cenamos después de tanta picadera. Ya satisfechos, bastante ebrios y muertos de cansados física y mentalmente, nos fuimos a dormir...

~

Mi vida seguía igual. Ya no era lo que yo deseaba, pero la realidad es que era lo único que sabía hacer y siempre caía en lo mismo. Mi situación económica, frágil a causa de mi endeudamiento producto de mi relación con la morena, evitaba que tuviera tanta acción como acostumbraba y me gustaba. Aún así, no desperdiciaba esas pocas instancias donde disponía de un par de pesos, para caer en algún establecimiento acostumbrado y levantar alguna jevita. Seguía cultivando y explotando mi encanto arrollador y era todavía un muchacho lleno de energía y entusiasmo.

Aparte de agradarle a mis compañeros de trabajo y a mis jefes, era bueno en lo que hacía y tenía el reconocimiento y respeto de mis pares. Me planteé seriamente en un momento dado pedir una transferencia a cualquier otro punto de la nación a ver si un cambio de localidad también propiciaba en mi un cambio de vida. Y mire cómo son las cosas de la vida... surgió una emergencia laboral en el estado de Alabama y publicaron una plaza temporera e inmediata para cubrirla. Aparte del salario, que era mejor que el mío, los beneficios adicionales como consecuencia de su necesidad, hacía que la plaza fuera muy atractiva y a mí me caía del cielo en este momento. Lo consulté con los jefes y como es común en estas emergencias, aprobaron al momento mi traslado y coordinaron mi relocalización. El trabajo era por solo tres meses pero yo tenía la opción de aplicar, cuando terminara mi misión, por la plaza en propiedad, inclusive con una promoción dentro del organigrama operativo de la corte. Es como yo siempre digo... ¡nadie tiene más leche que yo y todo me cae del cielo cuando más jodido estoy!

Mudarme no fue difícil, yo no tenía un carajo de todas maneras. No sabía en lo que me metía; prácticamente ni sabía donde quedaba Alabama, además yo no tenía nada que perder y era una buena oportunidad de enderezarme un poco económica y personalmente. Partí entusiasmado y lleno de esperanza, de hecho, como sabía que todo me iba a salir bien, eran mis planes en este momento el aceptar la plaza permanente una vez terminara mi compromiso original. Para no quedar mal, visité antes de viajar varios de los establecimientos que frecuentaba como acto de despedida. Con cierta tristeza celebramos... en mi caso porque yo pensaba que no regresaría. Imagínense la leña que dí ésos últimos días de jolgorio, donde todas las damitas querían darme una despedida personalizada e inolvidable... ¡y yo gozando!

~

Cumplí con el compromiso que tenía conmigo mismo, y lleno de valor y vergüenza, lo primero que hice muy temprano en la mañana fue llamar a mis hijos y conversar posteriormente con mi ex esposa. No tenía idea, ni me pasó por la mente, averiguar qué hora era en la Florida que era donde ellos vivían ahora. Afortunadamente el cambio de hora era mínimo y todos se encontraban en el hogar. Sé que lo menos que ellos esperaban después de tanto tiempo era recibir una llamada de su padre, sobre todo desde la Argentina. Ellos, al igual que yo, se quedaron mudos al oírme y no lo podían creer, tal como era obvio que ocurriera. Escuchar la voz de mis hijos me llenó de emoción y tuve que hacer un gran esfuerzo por no desplomarme. Después de los comentarios generales que uno siempre hace en estas ocasiones, quise entrar en lo que en realidad me motivaba en este momento. Les conté de mi viaje y de mi aventura. También les hablé de mi soledad y de la falta que me hicieron durante todo este tiempo que los ignoré y desatendí... y de cómo Dios había obrado en mí, dándome una nueva visión de vida y una nueva perspectiva del futuro. De corazón les pedí perdón por haber sido como fui y a la vez les imploré por una nueva oportunidad en la que al menos me permitieran relacionarme con ellos y saber de sus vidas. Aceptaron sin condiciones... así son los hijos. Les pedí por favor que me comunicaran con su madre...

No sabía qué esperar en la conversación con mi ex esposa. Ésta nuevamente me demostró la clase de mujer que era, lo que me hizo sentir mal por haberla abandonado y hacerle todo lo que le hice. La vergüenza me embargaba, pero estaba decidido a dejar mi orgullo atrás y pedirle perdón como merecía. Me escuchó y no se quejó. Al final solo comentó lo mucho que le alegraba mi nueva actitud hacia nuestros hijos y me instó a no olvidarme del compromiso que había hecho con los muchachos para ocuparme de ellos. En cuanto a ella, me corroboró que hacía mucho tiempo que me había perdonado y que ella por su parte, había rehecho su vida y estaba feliz. Al terminar nuestra comunicación, ya yo solo con mi pena y todavía con el teléfono en la mano, irrumpí en un llanto desconsolado que no podía definir si era de tristeza o de alegría. Al rato llamé a mi novia y le conté con lujo de detalles de nuestra travesía y de la conversación previa con mis hijos y mi ex mujer. Ella estaba contenta y feliz con todo lo que le contaba, igual que yo, y entonces le reiteré todo lo que la amaba y significaba para mí.

Fui a desayunar y encontré a mis compañeros que recién llegaban al lugar. Se dieron cuenta de que algo me pasaba, pero nuevamente, esa es la gente más discreta que yo he conocido y pasaron por alto mi actitud. Durante el desayuno planificamos nuestro día. Nuevamente nos habían conseguido un chofer en la marina que a su vez nos serviría de guía en estos días.

Como les había mencionado, en Buenos Aires todo es grande, todo es lejos y yo personalmente nunca había estado en ningún lugar donde aparentara haber tanta gente y tanto movimiento. ¡Ni en Nueva York!, posiblemente porque allá son más ordenados y todo está reglamentado. El gentío era de locos, aún siendo todavía temprano en la mañana. Ya a esa hora el comercio, sobre todo los lugares de comidas, estaban abarrotados y con un movimiento que aparentaba... y luego corroboré que así era... que la ciudad no dormía. El tropelaje y ese bullicio me recordaba esas grandes ciudades, nuevamente como Nueva York o Madrid, donde el día dura vienticuatro horas y la gente no se detiene. Había tiendas de todo lo que uno se imaginara, de igual manera cines, teatros, clubes nocturnos, hoteles, restaurantes... usted pregunte, que aquí lo hay, y muchos.

La gente era amable, pero con prisa. Un poco más tarde entramos en uno de esos restaurantes donde las carnes son asadas a la vista de los parroquianos. Por fortuna coincidimos con una época donde el cambio de la moneda local por el dólar, que era lo que teníamos, era muy favorable. Entonces aparte de la cantidad y la calidad de lo que comíamos y bebíamos, se hacía todavía mucho más atractiva la oferta por los precios que pagábamos. No creo que haya ningún lugar en el mundo donde se coma carne como aquí. Para los argentinos comer carne es un ritual y un deleite. Ni se le ocurra pedir ninguna salsa y mucho menos acompañante para la misma... cuando se come carne, se come carne... ¡eso fue lo que me contestaron! Salimos del restaurante que casi no podíamos ni caminar. Degustamos cuatro buenas botella de vino y con lo que comimos literalmente nos incapacitamos. Ya eran las cinco de la tarde así que decidimos terminar nuestro día turístico y regresar a la marina.

Habíamos aprovechado el día y habíamos conocido algo de esa gran ciudad. Nos impresionaba sobre todo la gente, y averiguamos con el chofer e inclusive más tarde en la marina, cómo los argentinos, cuando terminan sus labores cotidianas, por lo general salen de sus trabajos a restaurantes, o bares, o teatros, y luego en altas horas de la noche, usando transporte público, regresan a sus hogares. ¡No en balde parece que siempre la gente está en la calle!

Mañana saldríamos temprano en la mañana a seguir conociendo lugares. Después regresaríamos a descansar y por la noche, ya más formales, iríamos a disfrutar de un tradicional espectáculo de tangos. ¡Quedaba todavía mucho por hacer y conocer!

~

Alabama no fue el paraíso que yo esperaba. El problema no era en el trabajo; me trataban bien y tanto mis compañeros como los jefes me consideraban y me respetaban. Mis labores aquí eran similares a las de Puerto Rico con la diferencia de que aquí yo tenía mejor posición y era como un supervisor. El problema en realidad era el lugar y sus habitantes. Increíblemente el prejuicio hacia los negros y en mi caso como hispano, seguía existiendo de manera solapada. Donde quiera que yo iba se me miraba mal y no se me trataba como estaba acostumbrado. Eso me obligó en ocasiones a enseñar, como quien no quiere la cosa, el pistolón nueve milímetros que cargaba en la cintura. Entonces, solo así, lograba terminar con el desprecio y hostilidad que recibía por el mero hecho de ser hispano.

Viví por esos tres meses en un modesto hotel que cubría mis necesidades. Desafortunadamente no logré hacer amistad con ninguno de los compañeros del Tribunal que no fuera lo necesario en el trabajo. Aún así, aquí también mi encanto fue mi aliado, y las veces que salí a darme tragos y a joder, logré lo que buscaba. Con dinero, buena presencia y labia, se encuentra lo que hace falta, sobre todo cuando los tragos hacen su efecto y las que temprano en la noche me despreciaban, más entrada la noche, las tenía de rodillas ante mí. ¡Coño, y como les gustaba después, una vez las tenía bien calzás y mirando pal horizonte! Parece que es lo mismo en todos los lugares... ¡el que lo tiene, lo tiene, y no hay nadie que se lo quite!

Una de esas noches, solo porque así soy, enamoré a una blanquita que se desquició por mi. Estaba buena y le gustaba la tabla como a ella sola. Lo que pasa es que era de una de las familias más poderosas y de dinero en el estado y trató de influenciar usando sus relaciones para enredarme. De hecho su papá era uno de los dos senadores del estado en Washington lo que me hizo temer inclusive en perder mi trabajo. La joven no me dejaba vivir, y yo de hijo de puta, no la perdonaba y le daba leña sin piedad. No pude evitar el llevarla al vicio que yo causaba en las mujeres y me ví en la obligación de salir huyendo de regreso al país el mismo día que terminé mi trabajo, no sin antes pasarla una última vez por la piedra para que se acordara de mí. La experiencia no fue del todo mala y me ratificó que yo soy un enfermo. Lejos de servirme mi viaje y separación de mi entorno para reflexionar sobre mi vida y reorientar la misma, lo que me sirvió fue para confirmar que yo puedo jugar en cualquier liga...

～

La salida en la mañana confirmó que es mucho lo que hay que ver en esta gran ciudad. Me impresionó sobre manera la diversidad de atracciones y distintas expresiones artísticas y culturales a disposición de sus habitantes y visitantes. Y no son expresiones trililí y de segundo orden, sino a la altura de los mejores artistas y exponentes del mundo. De igual manera la cultura deportiva es expresión genética de los gauchos. Vale solo recordar que en una ocasión fueron simultáneamente campeones mundiales de fútbol y de baloncesto. No creo que sean muchos los países, si alguno, que hayan logrado de igual manera esa gesta en la historia.

Regresamos temprano a la marina y de hecho almorzamos en su restaurante. No debe ser sorpresa el que fue carne, y de la buena, lo que comimos. Ya por nuestra costumbre sibarita la acompañamos con un par de Malbecs que estaban exquisitos. Nos fuimos a descansar y por la noche, a eso de las nueve, el chofer nos transportó al teatro de tangos donde habíamos reservado.

Obligatoriamente recalco, que el tango es otra de esas cosas que son genéticas y que por más que uno se proponga aprenderlo como ellos, nunca puede ser igual... eso está en la sangre. La coordinación, el temperamento y la sensualidad que forman parte de esa cultura tiene que ser por obligación algo que viene de fábrica. A eso añádale la música y la lírica y estará de acuerdo conmigo que para el tango hay que nacer ¡y en la Argentina! Al regresar del espectáculo estábamos todavía tan eufóricos que decidimos entrar en un bar a tomarnos unos vinillos. El tema obligado era conversar del tango y la experiencia única que tuvimos unas horas antes. Era alrededor de la una de la madrugada y la ciudad parecía un día al mediodía en San Juan. Regresamos a las tres al bote y descansamos. Mañana visitaríamos nuestro primer viñedo y queríamos ir descansados.

Muy temprano en la mañana, todavía de madrugada, puntual como acordamos, estaba el chofer esperando en la puerta. Ya nosotros estábamos listos y hacia Mendoza salimos...

XV

El camino a Mendoza fue bueno pero muy largo; de hecho, gran parte del trayecto íbamos dormidos y descansando de la resaca del día anterior. Habíamos decidido dormir en la ciudad para visitar por dos días seguidos los viñedos pampeños y cuando llegamos al lugar todavía era temprano en la tarde y hacía rato que habían comenzado las excursiones en las distintas casas productoras del área. Las atenciones de los amables anfitriones eran muy completas e incluían visitas a las siembras, a los procesos de producción, a las bodegas y finalmente, degustación de sus productos. Nosotros visitaríamos dos bodegas diarias y les aseguro que beberíamos vino bueno por lo que quedaba del día y en la noche.

Fuimos directo a una de las excursiones en tanto nuestro chofer se encargaba de registrarnos en el hotel y dejar nuestro escaso equipaje en las habitaciones. Los arreglos de la estadía estaban hechos de antemanos en un hotelito recomendado por el administrador de la marina y que da servicio casi exclusivo a aquellos que como nosotros somos amantes del arte de degustar un buen vino. El orden y la organización que encontramos en nuestro primer lugar de visita me impresionó y me sorprendió, porque por ser latinos, y por lo que había escuchado de los argentinos de que eran seres bullosos y desordenados como nosotros los boricuas, no esperaba lo que encontré en la realidad. Evidentemente estas visitas son muy significativas para las bodegas y todas se esmeran por hacerlas mejor que la competencia.

Nuestra experiencia inicial sobrepasó al menos mis expectativas y fue un curso corto, pero completo, de la producción vinícola desde la A a la Z. Fuimos llevados por toda la amplia gama de siembra y producción del producto y al final degustamos lo mejor de lo mejor de la casa anfitriona. Estábamos satisfechos y nuevamente caí en cuenta de que de momento nos dábamos vida de ricos y de exclusivos sibaritas que solo disfrutábamos lo más exquisito. ¡Que será de mí cuando regrese al país y me achueque contra el piso ante la triste realidad de lo que es mi vida!...

Comimos algo ligero pero delicioso en el restaurante de la bodega en preparación de nuestra próxima excursión. Esta vez no fue carne fuerte, sino más bien fiambres y quesos a manera de dejar espacio para la nueva degustación. El chofer nos esperaba en la salida del restaurante listo para movernos a nuestra próxima visita. El tramo fue corto y eran apenas las cinco de la tarde. Otra vez sospeché que seguiríamos bebiendo buen vino, y mucho, hasta entrada tarde la noche... y así fue, ¡y del mejor!

La nueva experiencia en la segunda bodega fue inclusive superior que la anterior. La operación de ésta era mucho mayor y se ve que era más antigua y establecida que la primera. Los edificios eran amplios y viejos y se respiraba y se proyectaba un cierto aire de majestuosidad y abolengo. De hecho, hasta las personas encargadas del *tour* y que nos atendieron con tanta amabilidad y profesionalismo, parecían sacados del túnel del tiempo por su presencia y actitudes. Y es que parece que eso es parte de este mundo fantástico de los vinos donde las tradiciones y las costumbres parecen no cambiar. Con un ritual casi sagrado nos fueron llevando por toda esa historia familiar de su producto, y cómo este compromiso parece que ya venía por generaciones como parte de sus genes. Las historias hubiesen parecido cursi si no es porque uno las estaba viviendo y nos habíamos envuelto en el melodrama que brindaban. Me convencí de que lo mejor estaba por venir y que la experiencia que nos esperaba la recordaría por el resto de mi vida... ¡coño y me quedé corto! Una vez terminó nuestra excursión el encargado de la misma nos pidió que por favor no nos fuéramos que quería compartir algo privado y familiar con nosotros. No se si era porque éramos jóvenes, o porque teníamos buena presencia, o por el interés que mostramos, o sabe Dios por qué. Lo cierto es que aceptamos su invitación y esperamos a que el despidiera a los otros invitados. Cuando el encargado regresó nos sorprendió con la invitación que nos hizo... nos pidió que lo acompañáramos y fuéramos testigos de una cata del mejor reserva que ellos habían producido jamás en toda su larga historia y que él junto al maestro enólogo y varios familiares más, degustarían con el propósito de saber si el vino estaba en su punto. Obviamente la invitación incluía el que fuéramos parte de la degustación. A mi me pareció un sueño y me preguntaba ¿por qué a nosotros?, pero nuevamente pensé que tenía algo que ver con ese encanto natural que tan bien yo había desarrollado.

No es fácil describir lo que ocurrió más tarde. De momento nos sentimos ser parte de una familia y más aún, de una cofradía de degustadores de vino que sé que muy poca gente en la vida jamás soñaría con pertenecer. La ceremonia y los rituales ciertamente tenían visos espirituales y se componían de un programa estructurado que se seguía con solemnidad al pie de la letra. Nosotros observábamos y participábamos con mucha discreción y respeto no fuera a ser que metiéramos las patas haciendo algún gesto o comentario contrario al ritual. Así, sin quererlo y sin pedirlo, fuimos testigos y partícipes de algo que tal como pensé, tampoco jamás ¡olvidaré yo en mi vida!

～

De regreso a Puerto Rico huyendo de Alabama, estuve una semana de vacaciones para organizarme nuevamente y tratar, no sé por qué número de ves, de poner mi mente y mi vida en orden. Me negaba a aceptar mi realidad y seguía tratando de engañarme. Creo que todos somos iguales y ya en mi caso ésta debería ser mi última oportunidad de cambiar mi vida o aceptar mi realidad. Y la verdad es que decidí por la segunda opción y tuve que aceptarla y vivir con ella, aunque no me sentía orgulloso de mi manera de ser. Abandoné una excelente mujer que se convirtió en madre y padre de mis hijos a quienes también yo abandoné. Era un bohemio empedernido y un enfermo sexual que tuve todas las oportunidades y facilidades de rehabilitación y no supe aprovecharlas. Al menos tenía mi trabajo y no sé por qué, sospechaba que en algún momento eso también lo abandonaría para por fin cagar todo lo que quedaba en mi vida. Nuevamente esperaba otro milagro, pero la realidad es que ya eran muchos y no podía seguir abusando del Señor.

Un buen día comencé con un proceso de autoanálisis a ver si conociendo mejor mis realidades, al menos me convertía en una mejor persona. Sin quererlo, parece que para algo sirvieron finalmente mis estudios mal aprovechados en psicología, y empecé a comprender y sobre todo a aceptar el quién yo era, y sin justificarme, el por qué era así. Finalmente concluí el que "soy así, porque simple y llanamente... soy así ". Por más que se trate, lo que uno trae de fábrica, no lo cambia nadie. Entonces lo único sabio que se puede hacer es aceptarlo y dentro de la realidad tratar de ser lo mejor persona posible que uno pueda para no lastimar a los que no tienen culpa de nuestro equipaje. Y así estuve por algún tiempo... siempre en la misma vagabundería, sin ninguna variación. Como dice el refrán "si del cielo te caen limones, hay que hacer limonada", y eso es lo que yo hacía... bregar con mi realidad sin intención de cambiarla. Y así fue mi vida... hasta que un día... y porque Dios es muy grande y nunca he perdido mi fe en Él, en una noche de juerga, tal como ya he contado, una amiga me habló de unos suecos que buscaban tripulación para circunvalar en su velero el Cono Sur... y yo acepté sin pensarlo...

~

La degustación del reserva especial de la familia y la solemnidad del acto nos impactó a todos. Al terminar la actividad y agradecer el honor de incluirnos en el mismo, nos despedimos y fuimos al hotel. En el camino casi ni hablamos porque habíamos quedado tan impactados con lo que ocurrió que no teníamos que decir. Repetimos el próximo día las visitas programadas de acuerdo a nuestro itinerario y las disfrutamos plenamente igual que el día anterior. Esta vez comenzamos desde temprano en la mañana con el propósito de regresar de vuelta a Buenos Aires antes del atardecer y ya a media tarde habíamos salido de regreso a la ciudad. Íbamos entonaditos porque para beber vino parece que no hay hora y ya desde por la mañana nos pusimos en eso y fueron bastante las copas en ese corto tiempo que habíamos degustado. Al igual que en la venida, en el regreso también aprovechamos para dormir y descansar de las excursiones y el maltrato al cual nos sometimos. Llegamos casi de madrugada y sin otro deseo que no fuera el de ir a dormir y levantarnos al día siguiente tarde en la mañana o tal vez temprano en la tarde.

Yo fui el primero en levantarme ya cerca del medio día. Aproveché el sueño de los compañeros para llamar nuevamente a mis hijos y después a mi novia. Estaba contento y con un gran deseo de ya regresar a casa y de ahí salir sin pensarlo a visitarlos a todos. El efecto que había tenido este viaje en mi persona se hacía notar... restablecería mi relación con los hijos e inclusive con su madre, iría a buscar a mi novia para comenzar una nueva vida y le daría sentido y dirección a mi futuro; algo que yo pensé que jamás ocurriría. Reflexioné también en este momento de soledad en la amistad tan profunda y sincera que me unía a estas dos personas que escasos meses atrás ni conocía. De hecho en este momento no recuerdo ni amigo ni pariente a quien me haya yo sentido jamás tan ligado y con quienes compartiera lo más íntimo de mi ser de la manera tan cómoda y tranquila como hacía con estos. Pensaba solo en el océano tan inmenso que nos separaría por el resto de nuestras vidas una vez regresáramos a la isla y ellos retornaran a su tierra natal... me sentí muy triste y deprimido y no quise seguir pensando en eso.

Un poco más tarde ellos se levantaron y fuimos a comer y a beber algo. Hoy descansaríamos y mañana seguiríamos conociendo esta gran tierra argentina.

En eso estábamos cuando producto de mi tristeza y depresión tan evidente no pude evitar expresarle a los suecos el pensamiento que me atormentaba con relación a la terminación de nuestra amistad al concluir el viaje. Ellos mostraron un sentimiento similar y entonces todos exteriorizamos nuestra congoja. Recurrimos al alcohol, en este caso los vinos, como compañero de sentimientos en un momento que tan profundamente tocaba nuestras vidas. Bebimos hasta caernos y solo así aceptamos la realidad de que ya no era mucho lo que nos quedaba por compartir...

Nos acostamos borrachos, pero temprano en la noche. Al otro día seguiríamos con nuestro plan turístico y nuestro chofer nos recogería a las nueve de la mañana para llevarnos a lugares de interés que teníamos deseos de conocer. En eso estuvimos algunos días más y cuando ya estábamos satisfechos con lo que habíamos conocido, decidimos que ya era tiempo de seguir nuestro viaje con Salvador de Bahía, Brasil, como próximo destino. De momento me encontré con que tenía un bollete en mi cabeza que no me dejaba pensar y que me atormentaba. Por un lado tenía un gran deseo de llegar a mi país para ir posteriormente a reconciliarme con mis hijos e ir a buscar a mi novia, y por el otro, sentía una gran tristeza al pensar que esta amistad de solo unos meses terminaría pronto. Decidí llamar a mi novia para desahogarme y recibir sus consejos que tan sabiamente siempre me daba.

Nuevamente mi novia me pidió calma y me recordó los cambios que en tan poco tiempo ocurrían en mí. Previo a este viaje mi vida no tenía ningún rumbo significativo y de pronto me encontraba con una cierta estructura operativa que me gustaba, pero me aterraba. De igual manera la relación con ella, así como mi propósito firme de buscar y reconciliarme con mis hijos, ciertamente le causa un gran estrés a cualquiera, y en mi caso, donde mi vida siempre ha sido una sin responsabilidades, más todavía. El mensaje de mi mujer fue claro y contundente... lo entendí, pero no estaba totalmente de acuerdo con el. Era algo que podía más que yo lo que me ocurría y que no me dejaba estar tranquilo. ¡El problema es que no podía identificarlo!

Coordinamos nuestra cena de despedida como era ya nuestra costumbre. Obviamente iba a ser un asado, pero de la manera especial que nos merecíamos y habíamos coordinado con el jefe de la cocina. Nos prometieron algo memorable y nos ordenaron separar al menos cuatro horas para la actividad. Si algún día íbamos a comer carne, éste sería el día... y créanme que así fue...

Llegamos al restaurante con mucha hambre y entusiasmo. Nos esperaba el mismo jefe del restaurante con una cava argentina helada y para nuestra sorpresa el acompañante eran unos anillos fritos de calamar que estaban deliciosos. La champaña igual estaba divina y nos atrevimos a pedir el que nos la repitieran antes de seguir con otra cosa... entonces el banquete romano, o más bien sibarita, comenzó... Estábamos ubicados en torno a un asadero típico argentino donde el fuego está en el suelo y las parrillas se colocan a los lados como en forma de pirámide. Toda la actividad es visible y la carne no se asa como estamos acostumbrados nosotros viendo la carne sobre una parrilla. Esto es un verdadero ritual y nosotros recién nos iniciábamos en esta aventura.

Primero fue una especie de picadera; unas salchichas argentinas. Es curioso que el anfitrión no se limitó a servirnos y a llevarnos de la mano en esta espiritualidad culinaria, sino que era partícipe de la cena como lo éramos nosotros. Aquí se descorchó un Chardonnay, el único de la velada. A las salchichas le siguieron unas mollejas que me dá la impresión que son sesos de vaca y riñones. Lo que fuera estaba delicioso y con el gusto que se asaban y luego se degustaban, más todavía. Noté que no había prisa y que tal como nos habían advertido, esto iba para largo. Los vinos cambiaban con cada nuevo plato que nos brindaban y como era con calma y con buena comida, no sentíamos el efecto del alcohol, que en otras circunstancias ya nos tendría con nuestra nota.

Al rato nos sirvieron carne fina, para mi, algo parecido a carne de churrasco o de vacío. De igual manera estaba exquisita y se acompañaba únicamente con cebollines también a la parrilla. Recordaba aquel comentario de cuando llegamos de que "cuando se come carne, se come carne". Como si fuera poco lo que comíamos y bebíamos, la velada incluía una tertulia muy interesante y de mucho sentido. Nuestro anfitrión era un intelectual extremadamente culto y educado y los temas que conversábamos mantenían un interés que no se circunscribía exclusivamente al tema de la comida.

Ya llevábamos como tres horas en esta fiesta gastronómica digna de reyes y era notable el que aún con todo lo que habíamos comido y bebido, sentíamos tener espacio para mucho más. Entonces llegó el momento del "plato fuerte". Lo que nos trajeron no se puede describir, eran unos "bifes de chorizo" que no cabían en la bandeja que venían. Nunca había visto un corte de carne del grosor de lo servido, y mucho menos con el aspecto ni aroma de lo que nos brindaban. Ciertamente la advertencia en torno a lo que nos esperaba procedía y era necesaria. Jamás en la vida hubiéramos esperado el momento que vivíamos... me dispuse a disfrutarlo porque sabía que nunca esto me volvería a ocurrir.

Terminamos nuestro banquete degustando un vino dulce de postre *late harvest* que en realidad nos hacía falta para neutralizar toda esa proteína. No sé cómo llegamos a nuestro barco, pero lo cierto es que aún con todo lo que comimos, no nos sentíamos al estallar. Ciertamente estos argentinos, de comer carne saben más que nadie... Estuvimos conversando un corto rato, sobre todo del banquete que acabábamos de degustar, y decidimos descansar. Mañana, como era ya nuestra costumbre, a las seis de la tarde partiríamos rumbo a Brasil.

Ya después de todo este tiempo navegando juntos se nos hacía más fácil toda la preparación de nuestra travesía. Sabíamos que no encontraríamos sorpresas hasta Bahía y que estaríamos navegando por alrededor de diez días. Las condiciones del recorrido serían muy parecidas a las anteriores del continente sur aunque habíamos vaticinado que un poco más benévolas. Además, y para nuestra conveniencia, las aguas estarían más cálidas según adelantáramos en nuestro recorrido.

Como siempre fui el primero en despertar e irme a asear. Me sentía bien a pesar de todo lo que comimos. Pensaba que en este momento tendría una carga de colesterol que no dejaría moverme, pero me equivoqué y estaba lleno de entusiasmo. Al regresar del baño a buscar a los muchachos aproveché para llamar a mi novia a despedirme. Como siempre nuestra conversación duró alrededor de media hora y de igual manera me sirvió de estímulo para seguir hacia adelante.

Desayunamos, más tarde almorzamos, compramos varias botellas de buen vino argentino para el viaje y como siempre a las seis de la tarde, soltamos amarras... rumbo a nuestro nuevo destino... Salvador de Bahía, Brasil.

XVI

Confirmo que aprendí mucho de navegación y de pericia marina con los suecos durante todo este tiempo que habíamos navegado en pos de nuestra conquista. Obviamente no estaba a la altura en estos oficios a los compañeros de travesía, pero sin temor a equivocarme, podría decir que era un marino terminado y capaz. Lo que al comenzar esta aventura en muchas ocasiones era para mi una navegación de muerte, ahora era meramente un "paseo incómodo", y aún así lo disfrutaba, como siempre lo hacía no importa qué. Sabía que estaba capacitado para ser patrón del bote sin ninguna ayuda e inclusive podía resolver cuestiones de emergencia que surgieran mientras tenía a cargo la embarcación. Me gustaba lo que hacía, disfrutaba las travesías, sabía bastante de navegación y trazados de cursos, y sobre todo, sin darme cuenta, había entrado en el grupo de los que aceptan lo que hacemos como un "estilo de vida". Les juro que jamás pensé que esto me pasaría... pero los suecos supieron más que yo y estaban seguros de que una vez me envolviera en esto, más nunca lo podría dejar. Nuevamente me atormentaba el saber el qué yo haría cuando regresara a mi país y rehiciera mi vida de la manera que lo tenía planificado. ¿Donde quedará esta amistad tan íntima y significativa que he cultivado con estos vikingos?... y ¿qué pasará con esto que disfruto tanto y se ha convertido, tal como me dijeron los norteños al comenzar nuestro viaje, en "lo que es mi vida"?... prefiero no pensar en eso, pero desafortunadamente se acaba el tiempo y pronto tendré que hacerlo.

Por mi desarrollo marino y por las condiciones del mar, sabía que esta travesía a Brasil iba a ser mucho más cómoda y placentera que las rutas pasadas. Nuestro regreso posterior a la islita sería un paseo que nos haría disfrutar nuevamente nuestra navegación y lo que hacíamos. Sospecho que los suecos querrán aprovechar también las playas paradisíacas que encontraremos una vez estemos ya en el Caribe y que se llevarán en sus mentes de recuerdo a su hielo norteño. Y así fue... el viaje pareciera ser monótono, sin embargo nos daba la oportunidad de entablar esas tertulias profundas y sinceras que para mi desgracia pronto terminarían. Paseábamos tranquilamente, y disfrutábamos y observábamos cosas que durante todo el recorrido anterior no habíamos tenido el tiempo de contemplar. El comportamiento del mar, del viento y de esa infinidad de distintos animales marinos y pájaros oceánicos, eran un espectáculo que yo en específico no había notado. Nuevamente pensé en Dios, algo que por un buen tiempo había pasado por alto y que tanta falta me hacía.

Lo usual era tener buen tiempo, buen viento y buen mar. En muchas ocasiones nos acompañaban los delfines y en muchas otras encontrábamos extensos cardúmenes de atunes o dorados que nos llevaban a pescar hasta ya no querer subir más pescado. Estábamos felices y ahora nuestra navegación era como nos habíamos acostumbrados... como ricachos que sólo comíamos pescado en la parrilla acompañado de excelentes vinos argentinos que llevábamos a bordo en cantidades industriales. ¡Ay de mí cuando vuelva a mi triste realidad! pensaba yo con tristeza...

Los días seguían pasando sin novedad según nos acercábamos sin notarlo, a nuestro próximo destino. Nuestro ánimo era pobre sin ninguna razón aparente. Y miren qué contrasentido... hacíamos nuestra mejor navegación, comíamos y bebíamos como millonarios y paseábamos como vacacionistas de la realeza, pero aún así nos envolvía una depresión y una tristeza que nos arrastraba el ánimo por el piso. Por aquello de hacer algo decidimos hacer la planificación de nuestro viaje hasta llegar a Puerto Rico.

Estaríamos en Salvador de Bahía no más de una semana. No trabajaríamos a no ser que fuera uno de esos trabajos rápidos y bien pagos que en ocasiones nos ofrecían dueños de yates millonarios a quienes solo les interesa un buen servicio y pagan lo que sea sin preguntar. En última instancia habíamos acumulado tanto dinero creo yo, que para darle la vuelta al mundo, y eso, aún con la vida sibarita que nos dábamos. En Salvador haríamos otra inspección minuciosa y detallada al barco y una vez partiéramos de Brasil, iríamos costeando islitas sin detenernos hasta llegar a San Juan. Acordamos que tal como hicimos anteriormente, disfrutaríamos las playas que nos cruzáramos en el camino, sin ninguna prisa y sin tiempo límite en ellas.

Una de esas noches donde nos encontrábamos los tres en cubierta degustando vinos, surgió sin proponérnoslo el tema de la terminación del viaje y de nuestra separación final. El tema fue como un balde de agua fría peor que el de nuestro bautizo en el Cabo de Hornos. Era evidente que éste era un pesar que los tres llevábamos por dentro y que nos atormentaba sin poderlo evitar. No me sorprendió el que sin variación sintiéramos lo mismo... un profundo sentimiento y una indescriptible tristeza. Decidimos exteriorizar sin tapujos nuestras emociones porque en última instancia estábamos en el centro del océano y no había nadie a nuestro alrededor que pudiera dar fe de nuestro proceder. La velada fue terrible y no me equivoco si digo que la pasamos peor que con cualquiera de las tormentas que habíamos enfrentado durante el viaje. Nuestro estado anímico no mejoró... inclusive después del desahogo, si acaso, nuestra depresión aumentó... pero no era mucho lo que podíamos hacer y solo nos quedaban los recuerdos y las memorias de este inolvidable encuentro.

El tiempo pasaba volando y caímos en cuenta

esa noche de nostalgia, de las muchas experiencias y vivencias que habíamos compartido a través de esta aventura. Era casi medio año de estar viviendo juntos en un espacio tan pequeño y confinados en un lugar que no nos permitía privacidad. Pero ésto, en vez de haber creado fricción y desacuerdos entre nosotros, como es lo usual, lo que había hecho era hacer más profunda y sincera nuestra amistad.

~

Salvador de Bahía era un lugar hermoso y de una cultura muy distinta a la que habíamos topado en todo nuestro viaje. Era evidente que conoceríamos y aprenderíamos cosas nuevas e interesantes en esta visita y también lo era el que en el estado anímico que nos encontráramos no era mucho lo que íbamos a disfrutar. Teníamos que hacer un gran esfuerzo por sacudirnos de esta morriña que nos opacaba para no perder esta oportunidad que pronto tendríamos. Esa noche le pedí a mis compañeros que me permitieran ser patrón del barco durante toda la noche... tenía necesidad de nuevamente tratar de poner mis ideas en orden y necesitaba que me acompañara mi propia soledad. Los suecos estuvieron de acuerdo, solo que se turnarían durmiendo en cubierta para estar yo siempre acompañado en caso de que surgiera alguna emergencia.

~

" *Por toda mi vida he sido una persona sin rumbo, sin ambiciones y sin estructura de vida... lo mío era el día a día sin joderme mucho. Sé que no miento si afirmo que he sido el tipo que más leche ha tenido en su vida. Sin proponérmelo, ni desearlo, estudié en la Universidad de Puerto Rico y logré obtener, no sé cómo, un diploma de bachillerato. Ciertamente era en psicología, algo que aparentaba no servir para nada, pero mi historia se encargó de hacerme quedar mal, porque mi grado académico me ayudó primero para conseguir un muy buen trabajo y más tarde, para poder evaluar actuaciones y comportamientos propios que no podía entender. Nadie jodió más que yo en la Universidad. Nuevamente me pregunto ¿cómo carajo yo me gradué? y la verdad , nunca he conseguido respuesta... El Señor me dotó de un encanto que cautivaba y lo usaba para lograr lo que me propusiera. No me conformé con esa gracia y lo fui desarrollando al máximo hasta convertirme en un verdadero camaján que logré tener a cuanta mujer me propusiera a mis pies. Era un maldito, lo sabía... y me gustaba. Más tarde, y como si eso fuera poco, levanté y eventualmente me casé con una mujer como no puede haber otra. La joven lo tenía todo... era hermosa, inteligente, trabajadora, buena madre, buena esposa y además era una dagadicta. ¡Coño, como le gustaba la leña a la doñita!... y aún así la dejé, con dos muchachos a cuesta y desamparada.*

Gracias a lo que siempre consideré un bachillerato insignificante, conseguí tremendo trabajo en la Corte Federal como alguacil. Fui querido y considerado por compañeros y jefes por el buen desempeño en mis labores. Eso también lo eché por la borda, sin considerar lo que significaba ese trabajo por su salario y beneficios. Dejé el empleo sin tan siquiera tener la decencia de ir a renunciar, como si fuera alguna mierda que no valía nada. Entonces, instado por una conocida, me envolví en esta aventura que les he venido contando.

Al principio creí que había dado la metida de pata de la vida (otra más). Los primeros días creía que moriría, pero con el tiempo, aún sin disfrutarlo, me fui acostumbrando. Tuve la suerte de que los compañeros de travesía eran tremendas personas y de ellos aprendí un montón de navegación y en todos los renglones de la vida. Para suerte, en nuestra primera parada conocí a una joven de la cual me he enamorado perdidamente. Además de lo atractiva e inteligente que es, la mujer se ha convertido en mi amiga y consejera y creo que en gran medida mi adaptación en el velero y mi cambio de actitud con respecto a la aventura se lo debo a ella. Pero su intervención ha ido mucho más allá y ha influenciado en algo mucho más importante... mi visión de la vida y mi futuro.

Con el tiempo me fui adaptando a la navegación y esa experiencia con mi propia soledad y mi yo interior me fue convirtiendo en una mejor persona. De verdad creo que lo soy, aún cuando llegué a ser un degenerado e irresponsable ser que era muy poco lo que valía. He comenzado a establecer una reconciliación con mis hijos e inclusive con su madre. De hecho ya hemos conversado y aparte de pedirles perdón por todos los sufrimientos causados, me he propuesto, y en eso hemos quedado, de que los visitaré una vez regrese a mi país. De igual manera con mi novia, esa santa mujer que tanto me ha encaminado y a quien le debo la vida.

Mi vida, tal como antes mencioné, navega viento en popa... todo parece ir por buen camino y rumbo a una rehabilitación de mi propia vida y mis actitudes... pero siempre hay un pero y ese es el que no acabo de identificar. Por alguna razón que no defino, hay algo dentro de mí, que no me permite disfrutar y celebrar toda esta gracias que el Señor me ha dado y que me lleva sano y salvo a puerto seguro"...

$\sim$

Nos acercábamos más rápido de lo esperado a las costas brasileñas, en específico a Salvador de Bahía. Ya nuestro capitán había anunciado que en un día estaríamos en puerto, y ese nunca falla cuando hace una proyección. La última noche de navegación previa a atracar fue espectacular. La luna estaba llena en todo su esplendor, el mar tranquilo y calmado y un viento agradable y constante que hacía que nuestra navegación fuera excepcional... parecería una conspiración de la naturaleza para recordarnos lo que nos perderíamos dentro de poco tiempo al terminar nuestro viaje. Decidí no pensar más en mi futuro y hacer un esfuerzo, no sé cómo, en disfrutar estos últimos días y este lugar maravilloso a donde estábamos próximos a llegar. Todos intentamos subirnos nuestro ánimo y ya faltando pocas horas para arribar a la marina, hicimos un recuento de la navegación que recién concluíamos para seguir cumpliendo con el protocolo establecido. No fue mucho lo que tuvimos que exponer. La navegación había sido deliciosa y sin novedades, ni contratiempos. Ya con la tierra en vista, nos hicimos un compromiso solemne de no pensar en nuestra separación y terminación del viaje y a su vez de disfrutar del lugar como si fuera nuestro primer punto de visita.

Llegamos según programado y aún sin prácticamente haber asegurado el bote, sabíamos que este era un lugar especial y místico. Me vino a la mente sin querer pensarlo, el gran novelista Jorge Amado y todas esas exóticas historias que nos contó en sus libros. Eso me subió la moral y como algo milagroso me causó un éxtasis que me hizo recordarle a los muchachos el que nos esperaba el bar y la buena cantidad de tragos a la cual nos habíamos acostumbrado... Y así fue, y una vez cumplido con los requisitos migratorios, para allá salimos a embriagarnos como era ya nuestra costumbre siempre que llegábamos a un nuevo lugar.

La marina era de primera clase y muy grande. Sus facilidades comparaban con las mejores que habíamos encontrado en el camino, pero además se sentía un aire de informalidad y buena vibra que no habíamos sentido en ninguna otra en toda nuestra aventura. Todo fluía y no había ajoro, ni problemas, ni prisa... en fin, "disfruta tu vida y yo la mía", parecía ser la consigna en el lugar. Empecé a sentirme bien y a salir del ñoñero que me consumía. Y lo mejor estaba por venir, porque nos recibieron en el bar con su bebida nacional, la caipiriña, y no paramos de tomarla hasta caer de culo en el mismo sitio. Lo próximo que recuerdo es haber amanecido tirado en la cubierta de nuestro barco junto a los compañeros, y en mi caso con una resaca que acababa con mi vida.

Reaccionamos ya después del medio día. Yo fui a bañarme y asearme y después, como ya era costumbre, llamé a mis hijos y a mi novia. ¡Qué distinto soy y me siento cuando tengo ánimo y esperanza! Así estaba ahora, contrario a como me había sentido en estos días previo ¡donde solo pensaba en la terminación del viaje y en lo que eso significaría para mí! La conversación con mi novia fue vigorizante y me reafirmaba mi rumbo futuro. Fui a buscar a los muchachos a ver si ya estaban de pie como efectivamente fue. Contratamos un vehículo con chofer y a conocer Bahía partimos.

Solo con salir de la marina sentimos un ambiente que no habíamos percibido en todo el viaje. Aquí todo era música, sonrisas, buenas caras y tremendas hembras. ¡Si el paraíso existe es muy cerca de aquí!, pensé sin temor a equivocarme... Todo era distinto y agradable. El portugués se podía entender si nos hablaban despacio, así que cierta comunicación existía, con todo y ser otro idioma. Fuimos a comer y la comida también era distinta pero sabrosa. La realidad es que todos los países tienen sus particularidades y por suerte nuestra experiencia ha sido extraordinaria. Pero lo que más me impresionaba era la gente; gente amable, alegre, y hospitalaria que hacían hacer sentir a uno un ser especial y parte de ellos.

Regresamos a la marina y planificamos la inspección final de nuestra embarcación para el día después. Queríamos que fuera una muy detallada y completa y no dejamos pieza ni equipo que no revisáramos para estar seguros de que las condiciones del bote eran óptimas. Por fortuna el velero estaba nítido y fue muy poco lo que hubo que ajustarle y acondicionar para el viaje de regreso. Los próximos días los usamos para seguir conociendo esa gran ciudad; Salvador de Bahía. No niego que en mi caso ha sido el lugar en todo el viaje que más me ha impactado y que más recordaré de toda esta aventura didáctica. En total estuvimos una semana como habíamos planificado y entonces decidimos comenzar con nuestro último recorrido camino a casa...

Nuestra cena de despedida también fue majestuosa como ya estábamos acostumbrados. Nos festejaron con un excelente banquete de rodizio que es la forma particular de los brasileños asar y servir su carne. Bebimos y comimos como era ya nuestra tradición. La velada fue espectacular aunque al final, ya sabiendo que era la última de estas cenas de despedida, no pudimos evitar ser nuevamente víctimas de nuestras emociones y volver a caer en la depresión y tristeza que tanto habíamos evitado.

Nos levantamos tarde al día siguiente. Yo llamé a mi novia buscando ánimo y para despedirme de ella. Nuestro regreso lo proyectábamos en una navegación de dos semanas por aguas cálidas y tranquilas y que sabíamos que sería un hermoso paseo. En el camino nos encontraríamos con todas esas islitas que componen el Paraíso Terrenal y que les dará la oportunidad a los vikingos de conocer y disfrutar las mejores playas que conocerán en su vida. Entonces, como era ya nuestra costumbre, a las seis en punto de la tarde, soltamos amarras camino a casa.

XVII

Nuestro paseo de regreso a casa fluía según esperábamos; sin cambios ni variaciones a como lo habíamos planificado. Al cabo de un par de días bordeamos la parte más oriental de Brasil y entonces ya de ahí en adelante la navegación se encaminaría a las islas de Barlovento y Sotavento del grupo de las que componen las Indias Occidentales. Las condiciones marítimas cambiaban paulatinamente al entrar en aguas más cálidas en lo que eventualmente sería el Mar Caribe. La navegación era placentera y hermosa... las aguas azules y cristalinas indicaban que nos acercábamos al verdadero paraíso de lo que es la navegación en botes a nivel mundial. Atrás quedaron los baños de agua helada, las olas monstruosas que no nos dejaban ver el horizonte y los vientos huracanados que traspasaban como navajas nuestra ropa y nos llegaban al mismo tuétano. Ahora éramos recompensados por todos aquellos momentos incómodos y desagradables, y a su vez de extremo peligro a los cuales nos enfrentamos en nuestra navegación sudamericana. No obstante, pasarían varios días aún, antes de empezar a encontrarnos con las playas isleñas que tanto esperaban y soñaban los norteños.

Sin quererlo, ni proponérnoslo, nuestro ánimo decaía según pasaba el tiempo. ¡Yo que soñé tanto con regresar a casa!, de momento le temía con toda mi energía a ese momento que tanto mal significaría para mi. Nuevamente pensaba el por qué, con todos los buenos planes que tenía para mi futuro, me sentía tan triste y deprimido. Traté de sacarme esos pensamientos tóxicos de mi mente pero no lo podía lograr, al contrario, más me ofuscaban y me nublaban el entendimiento.

La navegación y la conducción de la embarcación era rutinaria... hablábamos, pescábamos y en ocasiones, aunque sin mucho deseo, degustábamos un par de botellas de vino de nuestra aún bien surtida bodega. Pero lo que no podíamos, era apartar de nuestra realidad esa cosa mala que nos perseguía... saber que esto se acababa. Nuestra realidad convertía esta travesía en una extremadamente aburrida donde inclusive teníamos que hacer un gran esfuerzo por tan siquiera conversar, aunque fueran trivialidades sin sentido. Y así son las cosas de la vida... el paseo más hermoso y con mejores condiciones de navegación y no podíamos disfrutarlo. Atrás quedó nuestra vida de ricachos sibaritas que de seguro nos convertía en la envidia de gran parte de la humanidad. Por el contrario, parecíamos tres infelices que se dirigían a la muerte ignorando todo lo que les faltaba por vivir y disfrutar de esta oportunidad que solo un puñado de elegidos pueden tener alguna vez en la vida.

Una buena mañana, por fortuna, al terminar yo temprano mi turno de patrón del bote, el capitán, que era quien me sustituiría al mando del barco, nos reunió muy seriamente para conversar de nuestra realidad. Fue firme en exigir un cambio colectivo de actitud e hizo un recuento pormenorizado de todos esos momentos significativos de nuestra experiencia durante todo este tiempo. Ciertamente cada día en el viaje tuvo un gran impacto en nuestra aventura, inclusive cuando enfrentamos tormentas y mal tiempo. Entonces eso era lo que debería quedar en nuestro recuerdo y no pensar en lo que vendría cuando termináramos nuestra misión. Era evidente que su discurso no era necesariamente lo que él sentía, pero no podía evitar la obligación de mantener el espíritu y la unidad del grupo hasta el último día de nuestro viaje. Los tres hicimos un gran esfuerzo por cumplir con su orden. Decidimos no demostrar lo que en realidad nos atormentaba con relación a nuestra separación y teníamos que al menos tratar de aparentar que culminaríamos nuestro viaje con el mismo entusiasmo que comenzamos. ¡Ni cuando me divorcié de mi mujer sentí yo tanto lo que es una separación!

～

Pasaron varios días y entrábamos al Mar Caribe. Ese mero hecho nos subió el nivel de bienestar y de querer seguir haciendo nuestro trabajo y disfrutar lo que hacíamos. Era nuevamente llegar al paraíso, y después de estar en el infierno, la diferencia era más notable aún. Volví a caer en una reflexión de ¿por qué? si navegar estas aguas es tan rico, la gente se empeña en ir al carajo viejo a jugarse la vida cruzando el cabrón Cabo de Hornos en aguas heladas e inhóspitas. En gran medida así es nuestra vida... en muchas ocasiones caminamos en el filo de la navaja y preferimos cambiar lo seguro y estable por algo, que usualmente no vale la pena y nos sale mal. En eso yo soy un experto y nadie lo ha intentado y ha fracasado más veces que yo. Pero lo bueno es que el Caribe nos animó y nos cambió inclusive nuestro semblante... Igual que los cabrones suecos estos se bautizaron y celebraron el llegar al susodicho Cabo, fui yo ahora el que propuso hacer un brindis con una de nuestras heladas botella de champaña por haber llegado al cielo. Era evidente que nos sentíamos mejor y que nuestro deseo había cambiado como consecuencia de la conversación motivacional que nos había dado el capitán.

Par de días más tarde empezamos a ver las islas. Las aguas eran más protegidas y aún con la buena navegación y hermosos paisajes que habíamos conocido en nuestra ruta desde Cancún a Panamá, éstos no comparaban con los que ahora disfrutábamos. Los vientos alisios, el mar tranquilo, los paisajes fabulosos y en ocasiones hasta el espectáculo de ver peces de pico pavoneándose a nuestros alrededores, nos llevaban nuevamente a ser la envidia de toda la humanidad. ¡Esto no puede terminar! pensaba yo, quizás tratando de convencerme que esto era lo que yo quería para el resto de vida... ¡quién no!...

En ocasiones mientras navegaba, caía en largos

letargos donde lo que hacía era fantasear e imaginarme situaciones existenciales que no eran reales ni posibles en mi vida. Muchas de ellas me transportaban a episodios donde vivía como un primitivo en una isla de estas paradisíacas que hemos conocido en el viaje y donde yo no tenía necesidades ni responsabilidades. Me daba trabajo despertar de ese idilio y no quería hacerlo. Atrás iban quedando mis planes de formar un hogar estable y seguro junto a mi amada novia como aspira casi la totalidad de la humanidad. Me estaba empezando a preocupar... y entonces deseé que llegáramos pronto a la casa, porque si no, me iba a volver loco.

Todas estas islas caribeñas ofrecían playas que solo los millonarios podían conocer y disfrutar. Tal parece ser que ya nosotros pertenecíamos a ese selecto grupo mundial porque en todas y cada una de ellas nos detuvimos y las gozamos como amos del lugar. Si a eso le añadimos que llevábamos pescado fresco y exquisito recién pescado y que hacíamos a la parrilla para envidia de los bañistas mientras descorchábamos botellas de champán como si fueran de cerveza; entonces se imaginarán el porqué de mis fantasías.

Ya eran muy pocos los días que faltaban para terminar nuestro viaje. Regresaríamos a nuestro mismo punto de partida, el Club Náutico de San Juan, solo que unos meses más tarde desde que salimos... con muchas historias que contar, convertidos ahora en tres pobres infelices que vivimos por mucho tiempo como millonarios y con la gran tristeza de separarnos y terminar con una íntima amistad que todos recordaremos por siempre. Decidimos disfrutar un poco más las Islas Vírgenes para cerrar con broche de oro esta significativa aventura... después de todo; quién carajo nos esperaba...

Nos impresionó mucho el movimiento turístico en la isla de Tortola como consecuencia del deporte marino. La cantidad de veleros de todos los estilos y tamaños, y la diversidad de personajes, era impresionante... Igual se veía a un *rasta*, que a un conservador millonario sentados uno al lado del otro en algún restaurante sin ningún problema ni rechazo. Y no diga usted de la actividad de navegación, marinas, botes de renta y reparaciones a embarcaciones. Era evidente que la actividad náutica acaparaba toda la economía isleña y que ciertamente era este el centro marino de todo el Caribe. Nosotros que estuvimos, conocimos y disfrutamos tantas distintas y extraordinarias marina y clubes privados de yatismo damos fe de que ninguna en todo este viaje, estaba a la altura de las de Tortola. Decidimos estar una semana aquí en la isla antes de regresar a San Juan. Noté a los suecos haciendo averiguaciones muy precisas en torno a todo lo relacionado a esta industria marítima en la isla y yo pensaba que intentaban satisfacer una de esas curiosidades innatas producto de su inquietud cultural. ¡Que sorpresa me iba a llevar yo algún día en mi vida!

Aproveché para caer nuevamente en otro de esos momentos de reflexión a los cuales me había acostumbrado por todo este tiempo. Había pensado que al terminar mi viaje, y después de todas las experiencias y meditaciones previas sobre mi futuro, llegaría de regreso a la isla con todos mis problemas resueltos. Me equivoqué... estaba más enredado de lo que me fui y todos los planes y soluciones que tenía con mi vida, ahora mismo ni los recordaba. ¡Que carajo voy a hacer ahora yo cuando me quede solo, sin trabajo, sin amistades y sin mujer! En ese mismo instante me entraron ideas absurdas tan inverosímiles que me hicieron pensar que atravesaba algún desbalance mental.

～

"Lo sensato y recomendable es regresar a mi país y de ahí partir casi sin pensarlo a la Florida a reconciliarme formalmente con mis hijos y a pedirle perdón de frente a mi ex mujer por todo lo que la hice sufrir y por el abandono, tanto de mis hijos, como económico, a los cuales la sometí. Estaría unos cuantos días en Orlando preparando las bases para recuperar en lo que pudiera, el tiempo perdido con mis hijos. Posteriormente viajaría a Miami donde se encontraba mi novia ya prácticamente terminando sus estudios y su carrera. Le propondría el que viviéramos juntos y estableciéramos lo más pronto posible nuestro hogar. Decidiríamos si regresábamos a la isla o si por el contrario nos quedaríamos en el norte. Yo intentaría de

igual manera recuperar mi trabajo como Alguacil Federal, que si bien es cierto que dejé la plaza sin tan siquiera ir a renunciar, no es menos cierto que mi hoja de servicios es intachable y lleno de recomendaciones y reconocimientos. Además, con la leche que yo tengo, no me cabe la menor duda de que recuperaré mi posición. Ya no tengo deudas así que con nuestros trabajos, luego de vivir alquilados algún tiempo, compraríamos algún buen apartamento y hasta en hijos podríamos pensar. Tengo la mente clara después de tantos enredos recientes. Me despediré de los norteños y nos juraremos amistad eterna y genuina. Después de mi novia, reconozco que esto es lo que más quedará en mi de toda esta aventura... nuestra genuina amistad. Los recuerdos, las vivencias y todo lo que aprendí, sobre todo de mis compañeros, me han hecho una mejor persona y por eso le doy gracias a mi Dios".

Tenía mi mente clara y organizada y sabía lo que quería y haría. Así se lo notifiqué a los suecos y decidimos partir a San Juan. Mañana estaré en mi islita y todo habrá terminado. No dormiríamos en la noche y haríamos un recuento cándido de nuestra experiencia. Decidimos no ponernos sentimentales y por el contrario culminar nuestra aventura y entonces comenzar con algo más importante y duradero... una verdadera relación de amigos.

Ya casi de madrugada empezamos a costear la parte norte de Puerto Rico. No niego que me emocioné observando y reconociendo la belleza de mi país. Mire que estuvimos en muchos lugares espectaculares a los cuales solo muy poca gente llega a conocer...¡pero como mi islita ninguna! Nuevamente sin quererlo comenzamos una despedida usando las vivencias y recuerdos del viaje como base de nuestra conversación. La champaña fluía y más elocuente nos ponía. Finalmente salió el sol y justo frente a nosotros la imponente entrada a casa... El Morro. Ahí sí que tragué profundo y no pude evitar lágrimas como consecuencia de mi llegada y de mi despedida. Llegamos al Club Náutico de San Juan y nos acostamos a dormir; más tarde bregaríamos con migración y después yo me iría... no sé a dónde, pero mientras más rápido lo hiciera, sería mejor.

No fui a ningún lado y me quedé a dormir en el bote esa noche. Despertamos temprano al día siguiente, recogimos el bote y yo mis cosas personales, que más que nada eran recuerdos del viaje y los lugares que visitamos. La tristeza nos embargaba, pero ya todo estaba hecho y no había nada más de que hablar. Los suecos planificaban estar de descanso dos semanas en San Juan y entonces esta vez, serían ellos lo que zarparían rumbo a su patria. En el ínterin anunciarían en la marina su necesidad de conseguir un tripulante que les acompañara en su jornada final y una vez esto ocurriera... a Suecia navegarían sin detenerse... Entonces cuando finalmente llegó el momento de despedirnos de verdad, nuevamente me ocurrió otra de esas cosas sin aparente sentido que hago con frecuencia... les notifiqué que saldría mañana mismo a la Florida como tenía ya planificado, pero a su vez les pedí que me esperaran por dos semanas... que yo regresaría, para seguir con ellos en su viaje... esta vez a su casa.

XVIII

Tal como había planificado, salí el día después de llegar a San Juan hacia Orlando. Ya le había notificado a mis hijos y a su madre de mis planes de viaje y me estaban esperando allá. Conseguí un hotelito barato cerca de su casa porque me pareció que no procedía el esperar o aceptar alojamiento en su casa. De hecho, ya en ese momento mi ex esposa tenía un novio a quien conocí posteriormente con el efecto que ya les he contado. No sabía qué esperar aunque estaba totalmente preparado para el encuentro familiar. Llegué al aeropuerto y cogí un taxi directo a su hogar antes de llegar a mi hotel. El taxi se estacionó frente a la residencia de mi familia y descargué el poco equipaje que traía... entonces cuando fui a tocar a la puerta fue que en verdad me temblaron las rodillas.

La casa de mis hijos estaba muy bien puesta y se ve que a su madre le había ido muy bien profesionalmente. Siempre fue una arquitecta de primera y al igual que había hecho con la que fue nuestra casa cuando éramos un matrimonio, así mismo tenía esta. Mis hijos eran ya adultos y nunca los ví mientras crecían. ¡Qué pena haberme perdido esa etapa de su juventud! Eran bien parecidos... y tenían que serlo, porque la realidad es que tanto su madre como yo también lo somos. Los muchachos estaban mejor preparados que yo para éste encuentro... se hicieron adultos por necesidad antes de lo que debieron y eso les daba la seguridad que a mí me faltaba. Por más que lo intenté, no pude evitar caer en un llanto, no sé si de culpa o de alegría, pero la realidad es que la felicidad que sentía me llenó el alma.

La doña por otro lado estaba más buena que nunca, posiblemente esa fue la razón por la cual me entraron los ataques de cuernos una vez supe que tenía novio. Ella nuevamente tuvo más clase que yo en ese momento y me saludó con mucho cariño como si nada hubiese ocurrido jamás entre nosotros. Obviamente el tema de conversación fue mi viaje. Esto dio pie a que yo pudiese expresarles el cómo este viaje me cambió y cómo hizo que surgiera en mí el deseo de reconciliarme con ellos y reconocer mis errores. Ellos escuchaban paciente y atentamente. De hecho me bombardearon de preguntas y sé que se sentían orgullosos de mi gesta. De igual manera sé que aceptaron genuinamente mis perdones y esperaba, como eventualmente ocurrió, recuperar mi lugar como su padre. Estuve cuatro días de visita en su hogar donde logramos en gran medida recuperar el mucho tiempo perdido. Conocí al novio de mi mujer... y aparte del ataque de cuernos que inevitablemente tuve, pude constatar que era una gran persona y sobre todo que quería y respetaba a mis hijos. ¡Qué más puedo pedir!

No pude dejarle a mis hijos una idea clara de lo que

sería mi futuro... y es que no podía, porque yo mismo no lo sabía. Sí les notifiqué, que yo iría a Miami a encontrarme con una muchacha que conocí en el viaje y que me había atraído mucho. Ellos todos, se pusieron muy contentos y me desearon lo mejor. Me imagino que pensaban que eso definitivamente me ayudaría a estabilizar mi vida. Salí con la completa convicción y seguridad de que mi relación paterno-filial había sanado y que estaba totalmente perdonado y con grandes deseos de finalmente cumplir con mi papel de padre. Igual me pasó con mi ex mujer con quien también tuve la certeza de que me había perdonado y que a su vez se había encaminado y rehecho su vida. Fui al hotel, cogí mis cosas y arranque al aeropuerto con rumbo a Miami...

En Miami todo también me fue de maravillas... mejor inclusive que lo esperado. Mi novia me esperaba en el aeropuerto y fuimos directo a su casa. Sin tan siquiera dirigirnos la palabra la tumbé en la cama y le eché dos polvos seguidos. Me hacía falta... la deseaba demasiado y era mucho tiempo el que llevaba de abstinencia sexual. La semana que estuvimos juntos prácticamente ni salimos al balcón, eso fue dando tabla desde por la mañana hasta el otro día. ¡Y yo que creía que mi ex mujer era una dagadicta!... Dios nuevamente había sido muy generoso conmigo al haberme puesto en mi camino a esta extraordinaria mujer. Era bella, inteligente y muy buena persona... ¡si no me enderezo ahora, nunca lo haré!... Además era mi amiga, y sus sabios consejos y apoyo me han dado una perspectiva mejor de lo que soy y lo que quiero. Obviamente discutí con ella mi decisión de acompañar a los suecos de regreso a su casa y contrario a lo que yo esperaba, a ella le pareció muy bien y una manera de expresarles lo que significaba para mí esa amistad. Así las cosas partí más enamorado que nunca a Puerto Rico con un gran éxito en todo lo que me propuse para el viaje, tanto con mis hijos y su madre como con mi novia. Todo aparentaba irme ¡viento en popa! como se dice por ahí.

～

Tal como había quedado con los norteños llegué según programado a la isla y fui directo al náutico a reunirme con ellos. En última instancia , no tenía a otro sitio a donde ir. Los suecos tenían ya todo listo para el viaje e inclusive habían inspeccionado y reparado todo lo necesario del bote. De igual manera ya habían abastecido la embarcación y solo esperaban por mí para partir. Les pedí un día completo de descanso y quedamos que partiríamos pasado mañana a las seis de la tarde como era ya nuestra costumbre. Esa noche nos fuimos a dar tragos y precisamente fuimos al lugar donde mi amiga me habló del viaje con los suecos. Nos hartamos de tragos y tuvimos la suerte de encontrarnos con la amiga que sin quererlo hizo posible esta aventura que causó esta profunda amistad entre nosotros. Ella no podía creer las historias que le contábamos y mucho menos mi decisión de acompañar a los vikingos a su país. Y no la culpo, porque pienso nuevamente que esta es otra de mis locuras.

El viaje a Suecia nos tomó tres semanas. Fue un viaje cómodo y para nosotros, placentero. El frío en el norte era pelú, por eso es fácil entender por qué disfrutaban tanto estos tipos nuestras cálidas aguas caribeñas. Conocí a las familias de los amigos, a su país y su cultura. Nuevamente también era fácil entender la diferencia en educación y comportamiento de estos hombres comparada con la nuestra. Estuve dos meses de visita en Suecia. Finalmente regresé con una idea muy clara de lo que sería mi futuro...

~

PARAÍSO SOÑADO
Servicios Marinos en General

Ese era el anuncio de nuestro negocio. La vida te da sorpresas y ésta fue una muy grata. Decidimos montar un negocio de servicios a botes y yates similares a los que brindábamos en nuestro viaje cuando estábamos en las marinas y necesitábamos dinero para continuar, solo que esta vez lo hicimos originalmente en un solar contiguo a una mega marina en Tortola. El negocio fue tan bien que eventualmente y en poco tiempo compramos la marina y todas sus instalaciones. Hemos vuelto a ser millonarios tal y como nos acostumbramos en el viaje. Representamos varias marcas de embarcaciones que tenemos para la venta, operamos exitosamente la marina, damos toda clase de servicios de reparación y mantenimiento de embarcaciones, y corremos una extensa flota de barcos y catamaranes de alquiler a turistas que pagan una fortuna por disfrutarlos por una semana. ¡Diga lo que usted desea y nosotros se lo resolvemos!

En el plano personal compramos tres apartamentos a todo lujo en el mejor y más exclusivo condominio del Condado en San Juan. Todas las semanas uno va de vacaciones al apartamento y siempre nos quedamos dos en el negocio... tal como hacíamos nuestras guardias durante nuestra navegación. Aquí en Tortola tenemos una villa que compartimos los tres, también a todo cojón y con servicio de limpieza y comida permanente. Con mis hijos mi relación no puede ser mejor, inclusive hasta con su mamá, a quien le obsequio a ella y a su ahora marido, dos semanas al año el uso de un catamarán con capitán para que lo disfruten como cortesía de mi parte. Los suecos también traen familiares y amigos de su país y tienen esas mismas cortesías.

Mi semana libre voy a Miami a estar con mi novia o ella viene a San Juan. Eso ha sido así religiosamente por todo este tiempo y creo que así seguirá siendo por siempre nuestra relación. Ambos estamos conformes y felices y queremos mantenerla así sin variación. Lo mismo hacen los suecos con sus novias, aunque por la distancia que nos separa, no con la misma frecuencia. No les niego que en las semanas que estamos en Tortola los tres damos leña hasta más no poder, pero siempre respetando la prioridad de nuestras relaciones.

Siempre he mantenido que el Señor ha sido muy generoso conmigo y nunca me ha abandonado... pero esta vez se le fue la mano... y tal como siempre esperé, navego mi vida siempre... como dice el dicho... "viento en popa"...

abril, 2015
Santo Domingo, R.D.
Guavate, P.R.